U0024018

童話繼續遊行

蘇紹連

　　在幽暗的年代裡，任何生命都要小心翼翼，才能活著，否則朝不保夕；否則故事無法緩緩蔓延，情節也無法穿梭傳遞，抵達不了另個年代的洞口，看不見溫煦的光。

　　在幽暗的年代裡，我寫《童話遊行》詩集，必須讓全身皮膚上的毛細孔張開如同眼睛，去巡視沉悶的騷動，或是張開如同耳朵，去探聽不安的流言。我的身體內，因而鬱積許多故事，不時發酵、腫脹，然後結膿痂。

　　幽暗的年代已經過去，我可以從〈黑色的自白書〉（註）裡起身，不再匍匐跋涉；「沉抑的悲劇意識」和「陰冷的觀物態度」是否仍不變易，是否仍扮演故事中人物的個性？詩集再生，就是為故事埋下伏筆，成為激發高潮的暗碼。

　　童話的意象，將在這個年代繼續遊行。

2011年7月10日於沙鹿

（註）〈黑色的自白書〉為林燿德的文章篇名，原附錄於舊版《童話遊行》（尚書出版，1990）書內，並收入林燿德的論著《一九四九以後》（爾雅出版社），此文附題為「蘇紹連風格概述」。

序文

誰在寫詩

——序蘇紹連《童話遊行》

林燿德

　　八○年代末期，又有人開始疾呼「詩的沒落」、「瀕臨死亡的現代詩壇」乃至「詩的死亡」。這種反動逆流本不足為奇也不足為訓，幾十年來我們的詩人見過多少陣仗，從鳳、寒到關、唐，他們對於現代文學的誤讀和錯解，從來沒有真正「取消」了「現代派」以降的台灣現代詩脈；「這樣的詩人余光中」似乎也有沒被粗魯的黑拳擊倒，依舊老當益壯地在媒體版面書寫余體真蹟。不過近兩、三年來的噪音，值得注意之處是這些喧囂並非出自連古典文學也不甚了了，只能在媒體上玩玩魔術方塊的寒爵之屬，它們竟然來自現代詩各世代的創作者本身才力上的自卑與欠缺安全感的猶疑。

　　《漢書》中有句話：「前車之覆，後車之鑑」。如果任何新興的世代以及觀念必須像新入學的軍校生被老生打壓、示威（可以試讀巴額加斯‧略薩的《城市與狗》），或者說必須經過層層傷害做為誕生的洗禮（令人想到徐四金筆下的「香魔」葛奴以），那麼近四十年來的台灣詩壇已經提供了許多明鑑。老一輩的保守者（雖然他們也曾經為「當代」奉獻出青春）趨

向自閉而對新觀點抱持橫暴的不屑並不新鮮，而中生代以降某些詩人的避談觀念、否定思潮、消極低盪乃至堅持十九世紀沒終了就在歐洲陣亡的、最原始的素樸寫實主義，則令人寒心。若干中生代詩人搞市場主義，弄一些一行兩行情長、五顏六色氣短的毫末文學，墮落的是他自己，不值得非議；不懂詩的詩人建議自己改行或者寫不出篇幅的詩人提倡小詩（最好一行斃命）都情有可原，然而回過頭來以己度人，還要操縱詩壇言論，甚至自詡為詩學、詩史的撰作人，則是值得髮指了。

簡單地說，我們詩壇各種親愛的反動派「以詩反詩」，其原因可歸納如下數端：

（一）隱藏作者與真實作者的混淆

有血有肉、喫酒做愛的真實作者，關於他們個別乃至犬牙交錯的人間喜劇的探討，屬於文化生態學、人類學、大體解剖課程和精神醫學的統轄，而正文中隱藏作者的討論才是文學研究的主要範疇。

隱藏作者由正文的意念、氣格而呈現，那是吾人所真正面對的「專業詩人」。一個詩人的交際舞步、社會地位、活動能力和發表頻率在我們的社會中竟然能夠隱埋了隱藏作者，而躍居為文學評估的主要對象，這便是將真實作者的社會學考量誤植在文學研究之上。

一旦仔細深究，往往發言權最大的作者群也碰巧是創作力最薄弱的世代，他們通常家喻戶曉，或以結社造勢，或以資歷鎮懾，自有趨炎附勢諸如黃維樑之流的人場幫閒；反過來看，在創

作上展現才力的作者形同「缺席」，無法被正視。因此，雖然我們反對全無理性的謾罵行為，但是「成名」詩人的墜落已構成缺乏反證的鐵證，足資攻訐現代詩者引以為撒手鐧。

（二）詩壇大事與詩社動態的亂視

所謂詩壇，相對於縱看的詩史，是橫斷面的文學現象。在過去我們對於詩壇的認知被框囿在詩社傾軋的層面，至多延伸到詩社和詩人的交互作用。A詩社聯合滿嘴狗毛的B詩社鬥爭C詩社；開孔也會、補窟也行的D詩人叛幫之後申請加入F詩派被駁回，遂聯合E詩人展開對F詩派的抗暴；或者G詩人在本月份參加七場演講並獲得烏龍大學院的榮譽學位；……凡此種種構成了我們鬱卒的「詩壇」。

近幾年來部分寫些雜感式「評論」用來插花押寶的墨客（很遺憾也包括了一些詩壇「中南海」裡蹲坐的君子），很容易脫口說出「今年詩壇沒有大事」這一類的短路閒話。我們突然在長久的困惑後頓悟了，所謂「詩壇無大事」即「詩社無戰事」或者「沒有人批鬥詩壇」，而誰寫了什麼詩、出了什麼書根本沒有列入「事件」之列；至於新世代、新思想，在他們眼中可是「無三寸水就想要划龍船」，一切斷言太早不必多說，只是看起來不順眼──反正現代主義狼不狼、獸不獸，「後現代」嘛冷酷沒人味，前衛派根本胡鬧惡搞，以上都是貓毛；「一隻也貓，兩隻也貓」，談世界文學發展全是「雇賊守更」、「雇鬼醫病」……。這些發言者不是唯恐天下大亂，就是罹患被迫害妄想狂，最壞的設想則是他們根本不願意承認別人在寫好詩。

只談「詩壇大事」不論詩藝，對於詩人重要作品的出版問世不予置評或根本視而不見，這種論調是多麼可恥，只是為了說話者本身坐高椅寫壞詩、不懂詩或不寫詩製做合法的遮陰帶，也許這些不穿內褲的白雪公主連最基礎的評價能力都不存在，無法做到就對新詩觀、新思潮與新作品予以懷疑，殘酷地抹煞，在此，人類最惡劣的宿疾竟在這些不負責任的聲音中一併迸發出來。

　　事實上，現實社會中詩壇權力結構的呈現，做為文學研究和文學史編造的基礎，是短暫、浮動、間接而且脆弱得像是高纖餅乾一般。

　　很明顯，真正的詩壇是由作品的意識與意義、隱藏作者的發展成熟衰敗潰亡以及觀念的轉折遞嬗衝擊匯溶等密密梭織交纏而成。詩壇的真相超越了特定時空下的政治與商業利益，任何「偉大悠久」的龜鶴詩社無法保障其成員偉大悠久，偉大的詩人和偉大的作品之間也不見得必然存在著等號。我們要檢驗詩壇，首要檢驗作品，而不是手淫式的「詩壇大事」和「詩社動態」。

　　（三）藝術自主和政治自覺的膠著

　　長久以來，藝術自主的觀念被政治自覺所滲透，以致於意識形態的表露往往造成種種反美學的美學標準，似乎一個政治抗爭者以其勇氣指數即可搏取輝煌的文名，坐牢、絕食以及政治迫害（最好是致命）幾乎保證了作家的「偉大」；同理，擁有以上條件者管他倒吊起來流不流得出墨水，只要一提筆就

展開了「作家生涯」。諸如此般讓文學歸屬於任何一種政治性教條的審判，都可能是我們台灣文化最大的悲哀，「鄉土文學」、「人權小說」和「反共文學」、「戰鬥文藝」乃至大陸文革期間的「樣板戲」，立場截然不同，但就本質而言全是一丘之貉，無非是某種泛政治意識形態的工具。

在以上三點的歸納後，我們也許應該回首看看「誰在寫詩」這個最根本的問題。

蘇紹連是一個典型的例子，在種種窮山惡水、危波險浪間，**他以大河式的敘述體裁驗證「現實」究為何物，也以之向存在無止境地趨近。**《童話遊行》收錄長詩九首，除了以南部橫貫公路開闢過程與榮工形象為素材的〈大開拓〉一詩（一九八一年獲國軍藝金像獎長詩銅像獎）未收錄集中，這九首詩貫穿了他的創造生命，呈現出一個隱藏作者發展的軌跡，他同時呈現了一個詩人的藝術自主與政治自覺。近十年來蘇氏創辦的詩社形同星散，他本身並沒有「創造」出任何值得注意的「詩壇大事」，也理所當然遭受冷漠和忽視，因為我們都不讀他的詩，我們忘了他的詩才是非事件的「大事」。

所謂「海裡無魚，三界娘為王」，然而海裡真的無魚嗎？蘇紹連的詩正面回答了這篇文章的標題，也徹底消解「詩的死亡」的言談。

一九八九年十月三十一日於台北龍坡

童話遊行 | content

深巷 建祥

鵲 的故事

雨中的廟

諾 的一生

● 序幕

童話 的遊行

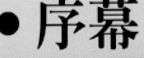

父親與我

氏卿姐

台灣鄉鎮小孩

三代

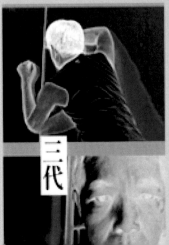

你銳利的眼睛看著一齣悲劇，
主角是我，我演活了你的歷史。
　　　　　　　　　　——蘇紹連

我用殘損的手掌摸索這廣大的土地

　　　　　　　　——戴望舒

玉卿姐

1

大家圍著一盞有長髮的燈
從燈裡掬起一張很美很熟悉的姐姐的臉
為她結兩條結不完的燈光辮子
許多隻奔忙的飛蛾
撲傷了大家奔忙的手

在十五年前的那個夜呀
奔忙的螞蟻
築出了一條奔忙的路,路上搬運的
是姐姐最甜的衣物
然而,姐姐被搬走的時候
燈熄了,辮子散了
大家的心都酸了

2

屋頂和屋頂之間
蝙蝠抬著月光翻飛,月光翻飛
通過一扇門再通過一扇門

似乎有點什麼
在盡頭微笑，微笑擴大
一圈又一圈了
煙囪用最髒的語言喧嚷屋裡的家事
有些聽不太清楚的鴿子
便用灰色繞著黑煙飛入天空
似乎有些什麼
在天空飄著，一圈又一圈飄著

姐姐啊
妳牽著大家的小手來到舊屋
甚至悲哀也牽來了

3

舊屋是在一個瞎老太婆的心裡
心血循環的大牆壁上
姐姐的影子展開成一張地圖
掛了上去。大家看到
起伏的山和彎彎的河流

搖椅暈眩於鐘擺
於是瞎老太婆說那夜她以十點鐘而眠

披一件冷汗所織的被單
那夜，在舊屋裡
大家看到聲音站在門外
燭光不在燭光裡
屋外有一條河，在兩岸外緩緩流著
大家渡河去吧……
瞎老太婆繼續說
那夜的姐姐揉得比那男人的白襯衫還縐

4

大家只偷看到那男人的頭長在一根蠟燭上
紅色的一朵玫瑰爆開來
整間空屋便充滿了皮膚一層覆蓋一層的光和影

姐姐的頭
長在
低盪
低盪
的眼淚裡
唯一的窗忍受不住也爆開來

整間空屋抱緊大家
那時候，踩著地震腳步的老爺爺來了
大家用雪白的牙齒排成牆
而姐姐的名字啊
卻從一雙細白的男人胳臂中露出來

5

老爺爺站在那岸
影子站在這岸
河流因而站了起來並高過老爺爺的脖子

不幸啊，載去了歲月
是輛老馬車，大家的年齡跟在後面
載去了一切的幻象
是輛小馬車，大家的臉孔跟在後面
不幸啊，只有
老爺爺坐在無數無數的馬車裡

遠遠的山倒映在姐姐的左眼裡
一轉身
便倒映在右眼裡，並有
一輪月像一顆淚從山後滾出來

那時，姐姐啊
有人說要用囚車載妳去呀
太陽的馬車要把月亮載去呀

車在路面上留下傷痕
大家的鞋子便運走那些傷痕
所以姐姐啊
再一轉身
便把遠遠的山倒映在大家的雙眼裡

老爺爺的墳墓
在山上
以背影走著

6

那男人在剝著一條長藤的皮
只要手中潔白，他就答應
我們去剝開他的身世
快快吧，用掌聲洗手
　　　　用口袋洗手

那男人自繞住長藤而垂入屋壁的裂縫裡
垂入一個少婦的子宮裡
出生，很久以前
那男人便獻給一個會生病的姓名
姐姐喜歡輕輕叫喚的呀
小爬蟲一樣地
鑽入了我們的耳朵裡
後來，是那夜吧
姐姐便把自己的姓名獻給那條長藤去纏繞了

只是一條長藤
就拉走了我們的手
當然，掌聲會尋到方向的風
　　　口袋裡仍有糖果的山
姐姐啊姐姐
說故事是不准傷心的
　　故事在故事裡遺失

7

那男人喀出的血裡有一尊玉雕的觀音影子
四濺的聲音下，影子
　　　　　　影子披血而喊

來啊，姐姐
影子向迎面而來的姐姐撞去
一面擊破的鏡子散棄在我們的眼睛裡
我們眨著那些細碎的形象
那男人翻滾著身子
一支細細白白長梗的火柴
在床上
擦
動

一陣火花

姐姐便在焚起的自己裡醒過來
用未寄的書信煮藥，扇子
扇子在窗口向姐姐搖首
頻頻傳送
風雪，風雪在扇裡曾埋下一節故事
姐姐啊，妳說啊
扇面上那幾行題詩
是不是妳私奔的腳印

那男人只剩一個未熄滅的頭
微青和微紫的顏色，染在竄升的火焰裡
姐姐駕著飛蛾不斷嘗試著投入

「救我……救我……」
蒼白在蒼白的背後湧出來
那男人只剩一小點暈紅的頭

觀音回首兩道眼光驚視著我們

8

媒婆笑成了巫婆
一隻掃帚掃著那家到這家的錯誤
門的裡面有門在裡面緊閉
姐姐啊哭成一件衣服
洗衣板上流著上游到下游的傳言
岸的斜下端有岸在斜下端顧影自憐

嘆息自岸那邊移行過來
我們自嘆息的上面衝過去
叫住姐姐
姐姐以搖首介紹明天的姐姐
媒婆遂在今天
迷失了昨天的笑容

我們跑到樓外去
遇見姐姐被樓影攻佔而消失
我們跪下時
姐姐留棄的雙鞋遲遲地從頂樓哭出來
大伯說：「上
鎖。」

從此姐姐便把自己
分散在每格窗子裡面眺望
我們放一線風箏當作路標
遠天中
一縷野煙以喇叭的形式吹出哀號
野煙底下坐著那男人

大伯用名單圍坐
陽光與燈火輪替參加家族會議
月亮出來投我們的票吧
螢火蟲飛來投我們的票吧

9

貓頭鷹閉著眼睛流其他的淚
牠沒有好哭的事嘛

草關心著自己的根
冬季之後會不會再長出自己

明年他們就來了
舉著火把的隊伍走入祕密裡
那一點點消息稀散地亮起
掩飾在姐姐的長髮裡
北風翻過肩膀時
他們真正襲來，掀開了頭髮

而那男人就是一根病躺在底層的白頭髮
「拔呀！」
他們喊叫著
拔一根長兩根
拔兩根長四根
越拔越多
滿頭都是那男人，在喊：
「病危！」

於是姐姐用刀片梳髮
奴隸們天天在樹幹裡推動著年輪
仰頭
光禿禿的枝椏構成扶梯
一隻蝸牛向上爬

姐姐，他們看到妳
妳是上升的一條銀亮的路線

從綠色的山下到白色的山上
路線折轉於
那男人張開的十指之間
十指指向地面兩雙奔逃的鞋印

而大伯率領著他們就追來了
在亂髮中放火放火放火
一根生病的
白頭髮
扭曲在火裡
扭扭曲曲的一場舞麼？

舞畢：灰燼現出那男人的原形

10

打開雲的門，天空不在裡面
啼叫的小鳥是向左或向右，飛進去？
流淚的雨點是往東或往西，落下來？
十五年了，姐姐

我們仍蜷縮在故事的最後一個句點裡
滾動的句點，隨日出
滾到那裡去呀？
奔忙的螞蟻
搬回一個仍然滾動且巨大如落日的句點
直至落日靜止在
門口

回來啦，回來啦

可是，天空不在裡面
我們只得用袖子開門，手臂貼在門上
招呀，招呀
向遠處招來一條淚水，是那男人的淚水麼？
蝴蝶脫下衣裳，去穿飛舞著的光
蜻蜓投入漣漪的中心而消失
至於其他的姿勢，其他的動作
都留在我們的影子裡

十五年了，啊姐姐
我們始終在整理我們的影子
希望從影子裡，整理出一個妳

扁鵲的故事

1

A．扁鵲．

昨天的夕曛，到了早朝時
還留在一縷縷未梳的黑髮裡
昨夜的睡姿，也到了早朝時
才轉過來如一幅人體掛圖

我發現齊桓侯站在人體掛圖裡
掩不住他裸露的身軀
我說：「陛下有病，但尚在皮膚
趕快治，還可以治得好。」
齊桓侯有點憤怒：
「我的身體沐浴著晨曦，
那裡有病？」

我只好走開
退到群臣之後
遠遠的，有一隻蜘蛛
爬到人體掛圖上，撒下了一張網
齊桓侯對左右臣下說：

「做醫生的就是這樣圖利
把我無病說成有病
好讓他給我不藥而癒
以要大功……」
眾臣遙望宮外
宮外又被今天的夕曛侵襲了
蜘蛛網投落了網影
使那幅掛圖上的人體
不禁地顫抖

　　B・薇薇・

這時，誰在悄悄的退出這世界啊
一朵小小的白玫瑰
凋在被荒草侵襲了的花圃上
好似我第一次上那恐怖的「刑台」
可以極目之處皆白
那個叫「扁鵲」的醫生
是極目之處唯一的影子
從影子裡流出一聲聲：
「不要怕，放鬆，不要怕，不要緊的……」
我就埋入了他那逐漸消失的聲音中

扁鵲的故事在病房裡流傳著
小雅笑著說：
「薇薇哪，可不是齊桓侯啊！」
扁鵲說：
「我也不是扁鵲，更不是先知。」
我說：
「不要暗示什麼。」

可是，從鏡子裡走出來的怎麼都是未來的我
我的體重怎麼一天天減輕
我的形容逐漸枯槁
有一天，未來的我
會不會像一具骷髏
在消失之前
僅是遺照一張？

「做醫生的就是這樣圖利
把我無病說成有病……」
然而，小雅是擊碎鏡子的人嗎
我感到非常的疲倦
甚至連撿起碎片的力量也沒有了

C・小雅・

踩著自己在烈日下縐縮的小影子
我在「H」的牌子前
停下來，體內的生命仍然在前進
展望四周，體內的生命仍然未睜開他的世界

福馬林的味道
繞了繞
沖上鼻子
屋頂上一排排的日光燈
照著閃亮平滑的磨石地面
我即使十分小心，也還踏出
很恐怖的回音，也還得經過
一扇扇的玻璃窗
把磨石地面照得像一片冷冽的冰
我在冰上滑行，如一支冰刀逐漸破裂著
也還得轉彎
把時間都帶過去

一間間相同的房門
透出慘淡的藥味
使我想到
薇薇

她彷彿是浸漬在藥水裡的一株胎生植物
我會鏟除她的根嗎

2

A‧扁鵲‧

夕暉投照出齊桓侯長長的影子
他的鞋，還在他的影子裡閒踱
我痛心得想一走了之
但想到齊桓侯尚有救
因此我每隔五天諫勸一次
「陛下的病一直往身體的內部深入
趕快治，還來得及……」

齊桓侯不等我說完就大喝一聲：
「給他四十大板！」
我急急忙忙退避到群臣之後
看著齊桓侯站起來又倒在座椅上
他的憤怒激起了宮殿外的夕暉
來圍擊他的臉，他的臉轉入黑夜裡

B・薇薇・

我數不清自己耗在病床上的日子
像躺在俎上似的
今天切片檢查
明天切掉一些肉
後天切得更多更多

我發現我是一隻瘦弱的蟲
有一隻吃蟲的扁鵲，只在小雅出現時
才來講他的故事，企圖引發我的快樂
蟲有什麼快樂？

我好像毫無復原的希望
看著父母沉浸在痛苦失望之中
加上我自己的恐懼與苦痛
構成了綿密的壓力啊
我仍裝得快快樂樂地和小雅說笑
小雅哪裡像懷了孕的人
她的臉龐、身段仍然很好
那個扁鵲看了她
眼睛都會發亮呢

她和扁鵲的對話
各自上著鎖
我知道我能打開他們話中的含意
從這邊搬到那邊
讓他們的話去糾結吧

Ｃ・小雅・

我有點害怕地踏著閃亮的磨石地面
上次，我不小心滑了一跤
會不會影響到胎兒呢
不知道是否該檢查看看……

「來看薇薇？」
那隻扁鵲放低聲音說：
「我剛為她再做了一次檢查
唉，薇薇啊
她的情形愈來愈壞了……」

我離開了扁鵲，他豈能棲息在我肩上？
轉進薇薇的病房裡
看見薇薇對我笑
那是一種白色的笑

我想，薇薇細瘦而透明的手臂
才是扁鵲可棲息的枝椏

我有點害怕的拉開窗口的布幔
陽光已過，黑夜自地平線下湧上來
一朵小小的白玫瑰
凋在被荒草侵襲了的花圃上
不也正如我嗎？

3

A ‧ 扁鵲 ‧

有一天我發現墓在齊桓侯的眼中形成
心裡一冷，我不敢掃墓
回頭就跑
哦！太可怕了
一國之君就快要……

埋入夕曛裡
是一顆將逝的星星
用最後的光圈
俯照著宮殿的上空

齊桓侯派人來追問
我答來者：
「貴君的病已侵入骨髓
我再也無法進諫了……」

這一天，滿天滿地都在夕暉裡
我突然像一隻烏鴉哀叫了起來
齊桓侯大概已開始感到不舒服了
我打點行李
衝進黑夜裡隱藏自己
在逃走的路上
我得知齊桓侯派人四出找我
但……
唉！鐵窗外
黎明在另一端等我

不久，鐘鼓數響而沉寂
我聽到齊桓侯不治的消息
使我化為千千萬萬隻烏鴉
在世界各地哀叫

B ‧ 薇薇 ‧

我不能很順心地做我想做的
我只能在呼吸器械、氧氣瓶以及
一些更冰冷的機械交替使用中
度著經常是昏迷狀態的漫漫歲月
這些人為的科技，是一種叢林
只能消極地用失去葉子的枯枝構圖
延遲我的死亡形象
而不能積極地促使我生存
我知道，野獸只要擺脫這些構圖
就可解除一切痛苦
就可寧靜，尊嚴如人死去

而我無處攀爬，弄亂整個構圖
野獸飛禽往外奔竄
扯開那些折磨我的管子吧
我拚著最後一口氣
背向那些支撐我的冰冷器械
發出金屬撞擊的聲音
在多刺的梗上
白玫瑰
向床下翻落

C・小雅・

推開吧，一直到世界的最外一層去
然後回頭，在世界的最裡層有
好渺小的一個人
那是薇薇嗎

那個扁鵲不知何時進來：
「妳這個女人
妳憑什麼拔掉
那些支撐薇薇活下去的管子
她即使再痛苦
妳也沒有權利結束她的生命！」
一隻突然變大的禽類
直奔向我
用擴張的雙翼拍擊著我
用硬刃的嘴啄著我
我往上衝
到最頂樓的陽台上
樓外有深空的感覺
一隻弱小的蜻蜓
在深空裡
忽上

忽下
停不住一個位置
就如我眼裡的淚
這時，我的肚子隱隱作痛
孩子，這是第幾層樓啊
從我身上站高一點
看遠一些
這廣大的城市和土地

「妳這個女人
妳瘋了
妳不要命嗎！」
在扁鵲逼近時
我翻過欄杆
向下躍落——
進入世界裡
用我另外一個生命

註：改編自邱玉馱小說〈三人行〉，見邱玉馱的小說集《快樂村》（台中市籍
作家作品集70，1999年6月出版）。

父親與我

1

父親，我回來啦。父親蹲在廟前的大榕樹下迎接著
我，如突然間生出的嫩葉。而榕樹的根鬚又垂長了

父親，我看見您也許是一座塑像
又如一塊風霜痕紋滿佈的石頭
又如一塊文字記載模糊的墓碑
蹲在家鄉的泥土上
漸漸老化
而它的光澤
正從塑像的眼睛裡射出來

2

棄置在屋後的一輛破損的嬰兒車
乳幼的我睡在車上，被父親急急地推入防空洞裡

父親，您看見的嬰兒車也許是一艘沉船
船上有許多人，人的雙眼裡是深黑的海
海上有許多流動的淚

在您閉目憐思時
海消失了，淚消失了
而那艘船卻擱在您的左眼裡
您從右眼放進一條長長的救我的繩子

3

我用手指在窗玻璃上畫著樹影，樹的後面是月光
自左上角照在父親的額上，如披下一綹白髮

父親，您看見我畫的也許就是池塘生春草
那是母親的背影哪
在池塘裡如一株株小草生出水面
一到了秋天，小草跪在淤泥裡
慢慢地把綠色的血淌出來
甚至把自己的枯黃埋進去
您知道：
淤泥裡有一條小魚正需要餵這種食物

4

屋後的菜圃裡有一把鋤頭，父親說：拿起它吧。
我握住鋤頭的柄，好似要把自己鋤入泥土裡

父親，我操縱的鋤頭也許就是一部挖土機
它啃著泥土，吐出泥土
它難道吃得下？
吃不下，就摧殘得滿地都是傷痕
作罷，又憤憤的到別處去
留下一些工人
埋管子，管子怎能傳遞根與根之間的消息？

5

父親背肌上的那一粒痣，在汗水裡奮力潛泳
激流中的石頭嗎？五十多年了，有長青苔否？

父親，我看見的痣也許是一隻瓢蟲
牠棲止的那一點
是越來越明顯的目標
牠不能動，不能展翅
只因為牠的顏色在動
在膨湃
如血液湧出

6

父親早晨起床後第一件事是站在一面模糊的鏡前
整理頭髮。經由我昨夜擦拭的鏡子，父親竟不照了

父親，您看見的鏡子也許是重新洗出的相片
好幾年了，不清楚的
它一直掛在您二十歲那裡
注意聽，不清楚的
是頭髮生長與穿越的聲音
然而，是什麼時候被歲月吃光的
　　　那種光禿禿的山坡

7

傍晚，父親和另外四位工作上的朋友聚在我家門口
搖扇聊天抽煙咳嗽等等。我端出熱茶和黑夜

父親，我看見的您們也許是五棵山崖上的松樹
一棵斜倚在岩石上觀看
一棵蹲在雲的陰影下沉思
一棵盤坐在草叢裡默念
一棵彎著腰撿拾自己的松果
一棵跟著天空中盤旋的鷹鷲對峙而立
我想：它們的姿勢是歲月的浮雕吧

8

我拿出帶回來的一張唱片，放在唱盤上轉動
聲音轉至極小。我只喜歡看它轉動，像太陽系的軌跡

父親，我看見的唱片也許是一架石磨
慢慢磨動著夜空
將月亮與星星磨為粉末

向東方的山上一撒
撒成一片黎明
然而，是什麼在推轉石磨？
啊，是您一隻徹夜未眠的手

9

父親帶著我到後山的礦區去，說：「挖掘自己。」
我就進入礦坑裡。無盡頭的，深黑色的陷阱嗎

父親，我看見的運煤車也許就是一串鑰匙
溫熱的，金屬性的前進
穿過重重的鎖
如同陽光穿透厚厚的雲層
照在大地上，並穿入大地裡
哦！它打開了
大地裡鎖著的憂愁的心礦

10

在山上過夜，我和父親聚集了一堆木材，燃起
我向火中丟入一個舊信封，信封上是父親的名字

父親，您看見的也許是一堆屍骨在努力化成灰
一堆屍骨，原來是一個人
陌生的躺在這裡
仰視著
正在消逝的時間
當煙從灰燼中騰起時
唉，時間又來了

11

我在岸上，撿著小石子，投入河裡
水面泛起的漣漪，父親啊，正如您皮膚上的皺紋

父親，您看見的也許是子彈穿入皮膚裡
然後又一層一層翻過來
成為傷疤
長久以來
在您的衣裳底下
藏著這些戰爭的遺跡
而，這不就是另一種紋身的方式嗎？

12

父親用竹子編製成一張床。夜夜，父親睡在其上
月光落在床上而發出一種鄉愁的，竹子的呻吟啊

父親，我看見的床也許是一座古老的戲台
不管有沒有觀眾
戲繼續上演；不管有沒有演員
它繼續展示一段空白的歷史
在這戲台上
緩緩地躺下一個人
宣布散戲時，我就萎頓而泣

13

托兒所裡有一輛電動玩具，幼兒可以駕駛它
這一天，它輾斃了泥土裡面幼兒奔跑的影子

父親，您看見的也許真是一輛大卡車
在鄉村公路上奔馳
它有目不轉睛的車燈

無視於路旁的
逐漸成為風景的田地
那樣蒼白而無助的哀求著：
請 注 意 前 面 的 生 命

14

洗手檯上的一排水龍頭，有一個壞的，在漏水
在流淚。我走過去用力轉緊，卻使它漏得更多

父親，我轉緊的也許是一隻雞的脖子
牠上仰且又張開的尖嘴
大啼大叫著
原來雞群裡有一隻母雞，在生蛋
在流淚。我走過去撿起
您說，牠啼叫的是
這源源不斷的生命嗎？

15

好長的一條街道，在凌晨的霧中
靜靜寂寂。這時，有一隻黑貓走入街道

父親，我看見的黑貓也許是一位老太婆
沒有聲音的腳步
如同不在這人世間
卻能夠在靜靜寂寂中
告訴黎明前進的方向
她，什麼時候
走完這一條朦朧的街道

16

鄰居老婦來向父親借兩綑木材，正是晚餐時候
當她轉身時，我發現她有一個佝僂的背

父親，我看見她的背也許是一個掛在廚房裡的鍋
鍋背黑漆漆的，一大片濃厚的炭末
正足證明鍋裡炒過多少菜
            炸過多少肉
            煎過多少魚
啊，它在心中熬著生活的憂慮
怎會不使它面容憔悴

17

　　我偷偷地買了一個茶杯回來，並泡著茶放在桌上
　　父親驚疑這個陌生的茶杯，怎不用粗糙的唇觸它

　　父親，您看見的茶杯也許是一口飢餓的井
　　可是，您必須向井裡丟入水桶
　　卻只撈出空空洞洞的聲音
　　就將這空空洞洞的聲音
　　一勺一勺餵來，直餵到我的嘴裡
　　我沒吞下去
　　我還把自己吐出來餵給別人

18

　　父親為我製作的一隻風箏，從小就掛在窗口
　　今天它飛了出去。在天空中打轉，像揮動的手套

　　父親，您看見的風箏也許是一隻東南西北繞的燕子
　　用那種方向反覆飛著
　　像一面鐘錶

旋轉回來，卻又越飛越遠的時間
慢慢掠過您
使您拉緊了弓弦
瞄準遠去的時間，射出了一箭

19

沿著螞蟻搬運食物的路線，我發現了一個螞蟻窩
父親引燃一把火，說：「燒燬。」食物也逃亡吧

父親，我看見的螞蟻窩也許是一個大工廠
用黑煙吞食天空
工人是忙碌的，忙碌的搬運
燕子是忙碌的，忙碌的搬家
這裡已成為
落日有焦味
河流在腐爛

20

父親帶著我在鄉村公路上奔跑，直到村長家門口
用腳步聲敲門。開門出來的，是一隻飛走的蝙蝠

父親，我看見的蝙蝠也許就是村長先生
他常在屋簷下倒懸著展示他那件黑色大衣
至於正立在鏡前
他亦把燈光熄滅，就以黑暗刮著自己的肌膚
厚厚的
刮不盡的
我們田裡的顏色啊！

21

在父親背肌上那粒不明顯的痣，向著太陽
不停地凝視。好幾天了，那一粒痣仍然未爆裂

父親，我看見的那粒痣也許是傷口裡的血
細細滲出
在皮膚上，凝凝聚聚為一粒血球
一會兒蒼白一會兒猩紅
像一顆抗議的心臟
不停止地進行著
一種怦動

22

雨落在殘損的屋瓦上，屋瓦上有一隻被雨殘損的鴿子
父親問：「先補瓦或先救鴿子？」屋內漏不漏雨呢

父親，您看見的屋瓦也許是體育場周圍的座階
若想成一列列椅子，就坐下吧
若想成一級級梯子，就踏上去吧
在這人生的邊緣觀賞
當中人生的賽跑
而您的心啊，以及全部觀眾的人啊
都在當中運轉

23

王寶興是我小學同學，他從未離開家鄉一步
他送來一張他的喜帖。艷紅色的，躺在父親手裡

父親，您看見的喜帖也許是一朵含苞的玫瑰
在日午，爆裂得毫無聲音
如此美好的盛開

不動一絲空氣
不引一隻蝴蝶
在盆栽裡成為一件小小的喜事
也使您愉悅起來

24

寬大的白色牆壁上，父親將一根鐵釘
釘在中心。每天，陽光必經過這一面牆壁

父親，我看見的這根鐵釘也許是一隻蜻蜓
牠受傷著
不流一滴血
只有在陽光經過時
才流出一滴陰影
您想：牠堅決據守的是
這一片空白嗎

25

父親和一位三十多年不見剛從國外歸來的老友
對坐在兩茶杯後，兩人的雙手緊握在一張信紙上

父親，我看見您們兩人之間也許有一個棋盤
在棋盤上，軍隊已經凌亂
界線，已經在戰場上埋葬
怎麼出擊，已經不是兩手的事
因為腦海裡，正出現一個島
島上有整整齊齊的田園
那才是和平的棋盤

26

當世界只留一個輪子，在空茫的地方
轉動。每一個人，都靜止在其周圍觀看

父親，我們看見的也許只是一隻草鞋
在踏著這個地球
它不朝什麼方向踏去
只在原地踩出一個深深的鞋印
深得使土地流血
您想：它要是有另一隻草鞋作伴
必定遠遠的走出一條路

27

分駐所的警員終於到了我家，用力喊我的名字──
好響亮的名字啊。父親去開門，接到一張入伍令

父親，我看見的入伍令也許是一張長途車票
是往哪裡去的呢？
您把結繭的手掌攤開為一張小小的地圖
我徘徊在地圖上，找著站名
是往哪裡去的呢？
忽然，我發現地圖上插著一面國旗的地方
正是那車票上的站名呀

雨中的**廟**

1

四月的天氣在侯良的的心中陰晴不定
白色的醫院，一向與灰色接近
侯良坐不起來了
他老是記得有次坐起來的時候
看見世界比他的床還低
他怕再掉下去

侯良還年輕，二十九歲的
向三十歲前進，三十歲的
向生存前進
侯良揉著眼睛，往牆壁一瞧
一隊螞蟻，前進吧
向著壁上最深的一條裂溝越過
越過就好
越過吧

雨常常擊打著窗口
侯良唯一的活動
就是伸手，把手伸出
在窗口淋著海棠一樣的右手掌

不是乞求，不是接納
他只要有一點點受洗的感覺

雨還是要來的，洗著這個世界
今天，第七十一天
弟弟帶來了一封信
侯良拆開看
右手把信濕了一截
一些黑色的字，在雨水中慢慢溶解
還能看見的，侯良趕快看下去：
「……廟堂工人離散了
　你能置之不理？
　你離棄了我不要緊
　但你能離棄體內流著熱血的李教授嗎？

　　　　　　　　　　　　　　郁雪」

2

第七十一天
侯良坐起來了
又看見世界比他的床還低
鞋子浮在世界上
他想：踏下去吧

再沉下去吧
果然，他下去了

弟弟扶著他走出醫院
雨在整個天空裡
急速地落下來
醫院對面，正是學校的圍牆
牆上漆著白色的字：
「活活潑潑的好學生
堂堂正正的好國民」
這些雨中的字
一個一個橫躺在街道邊
侯良和弟弟共撐一把黑傘
黑過馬路，黑到了校門口
操場看台上
旗桿光禿禿的挺立著
挺立在原地
侯良依然要前進
獨自向一間教室去

「你來了！」
郁雪的聲音在玻璃窗上畫出了一道雨跡
侯良說：
「讓他們是一群菌吧

讓他們獨自地孳生
讓他們慢慢地繁殖
矗他們無盡地蔓延
讓他們去吧」
說完回頭就走
郁雪痛苦地倒入背後的黑板裡
委靡成一個被擦去一半的粉筆字
──「棄」

3

世界的展現
像廟埕那樣空蕩蕩
「侯良啊──」
雨嘩啦嘩啦喊著
喊著的聲音，在郁雪心中愈來愈大
「侯良啊──」
「侯良沒來。」廟裡的人說
「我找李教授。」
「他在東廂的作場。」
郁雪的身影穿過銅鑄的大門
浮雕在門上的門神
別過臉喊：

「侯良不來了嗎？」
前殿兩側的懸拱間
八隻木雕的獅子
一齊搖搖頭
頸項上的鈴鐺也和雨聲共鳴
鳴個不停：「侯良啊──」

李教授的白髮
是雨天中的一片白雲
飛到郁雪的眼中
就化為淌不盡的淚水
一滴一滴流滿李教授的臉
「侯良這孩子
　　是我最好的學生
　　是我最好的歲月
　　是我最好的畫面
　　可是他不來了」
李教授的話
一錘一錘的鑿入
沒有人知道的孤寂中

東廂裡，只留李教授一人
把每一塊青石研磨
磨得手上的十根枯指都不見了

師傅死的死了
小工走的走了
這世界上，只有雨是不斷的
這座未完成的廟堂
於是就在雨中悲泣著

4

蘇師傅在朽木中神奇地站起來說：
「侯良啊──
這世界就像我的木雕
錯綜鉤結
又相互連環
你走不了的
你還是要回來

你不喜歡我的木雕
漆上朱紅、金黃、靛藍
你要維持原色
那麼，生活的原色是什麼？
我們的日子不能艷麗些嗎
你看，最外表還要貼上金箔片
整座廟宇

就像一座我的夢
金碧輝煌
　侯良啊
　走入我的夢中
　在我的夢中前進
　向生存前進……」
路途是多麼遙遠
撥不開路上壓著的
一大片濃濃的黑夜
侯良走到夢的盡頭
發現
廟堂慘然如墳

也已撒手西歸的林師傅笑著說：
「那不是盡頭
　還遠呢
　還要前進呢
　侯良啊
　你要進入我的夢中
　盤旋在我的龍柱上
　讓我雕你

你就是一篇完整的歷史

雕你，是因為你走上這條路
請你帶著我的夢想走進歷史
讓我的形象
化為攀在石柱上的一條龍
在長年的香火燻染中
直竄上天空
侯良啊，你不要離去
再聽聽我躲在雲層中
所發出的聲音
好大好大
日日夜夜
雕刻一座廟宇的錘擊聲！」
侯良還是要前進的
他從林師傅的石雕中摔下來
像一片粉末
生命
化做世界上的一堆泥

磨石小工阿義說：
「侯良老師啊
是你帶我來的
還有仕文、阿哲、小何、正明、……
初中畢業
恐懼高中

升學壓力
恐懼生活壓力
你就給我們一柄刀、一把鎚
讓我們雕刻人生的遠景

留守在工作場中
用我們的生命
豎起神的住家
只有悲哀
我們的住家在哪裡？
只有悲哀
我們有什麼前途？

侯良老師啊
回答我們，我們的十七、八歲
還要活得燦爛
正像日出
可是這天氣
陰陰雨雨
如何從雲端出頭？」
陽光不跟侯良前進
侯良還是要前進的
只是少了影子
走在世界性的雨中

侯良覺得沒有雨的力量大

油漆小工勝仔說：
「侯良老師啊
我和我哥哥都聽你的
來這廟宇漆上生命的色彩
一滴一滴像流血一樣
從我們生命的創口
灑向世界的最外一層
你說，是血的顏色就對了
　　　是日光的顏色就對了
我們什麼也不知
你們畫家的色彩
和我們世俗的色彩
究竟怎樣
構成天空的臉色
而天空總是下著雨
你就病了
蒼白的臉色
叫我們怎能塗得艷麗繽紛？

侯良老師啊
數千朵木雕蓮花
在廟樑上盛開著

你說你願飛舞如一隻蝶
所以，在我離開工作之前
就偷偷地在木雕蓮花上
把你描繪成棲息的一隻蝶
希望你永遠住在這座廟宇裡
好嗎？好嗎？……」

他們的聲音是解散的河流
嗚咽於不知方向的方向裡
侯良獨自前進
雨繼續尋覓著他的足跡
一步一步，漸漸高起來的鞋子
浮在世界的頂端

5

一個星期過去了，日子仍然繼續前進
李教授親手雕鑿的石獅在廟口哭號
飛躍的龍雲在石柱上努力向上環繞
化為一縷黑煙
越過雨的柵欄
把侯良喚回來
如一道從雨中走回來的彩虹

工作吧，工作就會好的
病了的手在膜拜中交出了力量
前進的力量
使一切的絕望都裂開了
侯良通過去
找到陽光在雨中的位置
是那麼耀眼、那麼熟悉
而沒有人發現
侯良的笑容
侯良走到東廂作場
在寬厚的木塊裡
在堅硬的石塊裡
一群螞蟻
是忙碌的木匠、石匠、描繪工、油漆工
驚天動地的工作著
「我回來了！」
侯良的出現
讓大家的臉上找不到淚水

郁雪遞給侯良一聲歎息
侯良別過臉去
面向從鐘樓擊打下來的鐘聲
侯良哭了。郁雪說：

「侯良啊！這座廟在雨水中成長
　侯良啊！這座廟在雕刻聲中成長
　侯良啊！這座廟在大家的心中成長
　難道你不愛它嗎？」
鐘樓上的鐘灑了一地的鐘聲
還沒有靜寂
工作與歲月繼續對談，並握手
小工何仔的心，有些亮著，有些漆黑
小工仕文的手，有時握拳，有時搓掌
小工勝仔忍不住放聲大哭
小工世昌把自己蹲在哭聲的背面
小工阿義在廟裡繞了一圈又一圈
李教授終於從白髮裡仰起沉思的臉說：
「一個個都回來了
　是成為一座藝術殿堂的開始
　是成為滿天陽光的開始
　還有什麼
　是世界不願美麗的事……」
侯良跪下
縮成早歲那粒充滿理想的繭

註：本詩以李梅樹教教修建三峽祖師廟為敘事背景

深巷
連作

1　氣球

一切懺悔，繫在你贈送的氣球上，
飄至穹蒼外，又飄至我的腦中爆炸。
飛散，三十四年的懸念，散失，
下沉，乘氣球上升的人，沉沒。

我想念的每一秒，鎖在枯黃的信紙裡，
每一個字，都可看見你的筆流著黑色的淚。
給了最後的一線飛翔，美麗的氣球，
又給了最後天空，繫住我的雙翼。

爆炸的聲音是一句句回答，我聽不清楚，
啊，你說出來的話築成一條漫長的巷子，
讓我此生此世走著，讓我還原一切，
把戮破氣球的手，跪在那把匕首下。

2　繭

落在我們身上，並把我們包容的繭，
是千層葉片養成的，綠色的生命。
翱翔著那繭中的幽暗，也許
指著出口呼叫的，就是一束光線。

光也有聲音，靜靜的落下來，
情緒也有顏色，綠轉藍轉紫轉紅，
而聽不到的聲音和看不到的顏色，
都在我們體內不斷的顯現出來，愛是這樣。

只是，它仍然是個密密封住的繭，
你的發生非常冗長啊！
我們蛻化的過程，精緻而激烈，
使得一隻蛹懷疑著我們的前身。

3 籠裡的獸

就是它的終歸，把我影響，
從憂悒向歡顏向冷漠，籠裡的獸，
和我相隔，對視，不要給我嘲諷，
我真是一隻籠裡的獸，陷於錯誤。

走在籠子裡，和窗口呼吸，
和日月星雲學習，守著地球的生命。
你給我食物，我用眼睛吃你的手，
你給我嘴唇，我守著未說出的話。

過了五年，什麼都未形成，
一滴冷冷的淚從鼻尖掉下來把我喚醒。
我想展翅，我想伸爪，我想的
就是你想的，只是你永遠是我的籠子。

4　讀信

把門打開，我可以接住風鈴的嘩笑聲，
你聽了許久才說：「淚水滴落，淚水滴落。」
那樣的音響，在家鄉及異鄉迴盪，
把它譜成曲唱出來的，就是你我的眼睛。

一直流，不說是一條靜靜的河，
也不說是一股暖血，把大地暖了又暖。
一直流，你說的就是淚了。
流過信封的中間，太平洋兩岸就是你我的地址。

收信人的名字消失了，我叫不出來，
我就鎖上門。看著你臥在信裡，
無言的字為你張開嘴，一字一字張開
信就是這樣的景象，無聲的言語。

5 浮影

那端，摩天大樓在地平線的下面
水災後我們的影子曲折而浮升在上面。
水災後也浮升的腳印，竟踩碎了我的心，
而你自影子的裡面浮升出來，離去。

這時的倒影，攏合了又要分散，
就像在心中的回憶，用迷失的浪痕覆蓋。
掀不開來，底下不斷湧起另外的波濤，
把分散的，使它分得更散。

一九六五年，我全身剩至一滴水，
為的是等你的影子重臨時，能再映現。
水災後只有一滴水在水中上上下下，
迷失，緊張，徬徨，為了尋覓一個你。

6　風

全部的街道，都被我走遍，
全部的人群，都被我穿過，
自他們的眼睛、耳朵、頭髮、帽緣，
我可以統治他們，他們卻把我看作風。

風吹呀吹，雖然我想升起一把火，
可是風吹得太零亂，亂作一場愛；
我想升起一面旗幟，迎風招展，
可是風把天空玩弄了，你未看見。

風仍然吹呀吹，雨跟在後面，
後面還有一窩瘋狂、黑暗，
從生命的深處裏捲出來，
我看著自己如何躲過這場災難。

7　雨

雨落下，墜入萬丈深淵的黑夜裡，
和雨墜入的，就是星星、月亮、太陽。
我仰頭，世界的屋頂一片漆黑，
我只好與你合攏在一把黑色的雨傘裡。

雨落下，無休止的攻擊著大地，
你和我好像相互包圍一個淋濕的夢，
在夢中受傷的小生命，有一雙你的眼，
一對我的耳，以及你和我的哭聲。

雨再度落下，憂鬱已在雨中走過，
它淋成了哀傷，正向著我走來，
走在一條無牆的窄巷裡，
它的腳步越過了我的影子，走向未來。

8 草葉

佇立過久，全身的體溫不斷降低，
低至地底下，孵著凍傷的草根。
孵出了一點又一點的綠；草活的過程
是多麼艱難啊，正是我愛的方式。

如果你是草，請為土地說話，
你說的話像一片片草葉，到處綠了起來。
而那未綠的地方是寒冬的區域，
也許竟是我空無已久的家。

春天只給我半季，就離去了，
半季裡有節目，舞池，擁抱的草葉，
還有一絲絲沉吟，沉迷，沉淪，
如何把我救起？在體溫散失的時候。

9　輪子

一九六九年，你相信了一句話：
「所有的前進都要回到原始。」
是一句多麼意外的話，把你的腳步，
全部都趕到路邊，而留輪子繼續前進。

翻山越嶺，你的一雙手在球上爬涉，
你的鼻子在泥土裡呼吸。
你求母親的愛放出光明照亮我們，
求那無數的短暫連續成永恆。

歲末，疲憊的輪子在安眠，
而漫長的路獨自前進，和孤獨前進。
我們把話倒著說，把淚倒著流，
我們的愛，出來的又縮回去。

10　幕

幕啟時，每一雙手都像翅膀一樣，
拍動起來，似乎要飛到雲端。
你銳利的眼睛看著一齣悲劇，
主角是我，我演活了你的歷史。

忘記時間和忘記空間使生活空白，
我只好把劇照看了再看，演了再演，
像重複戴著那頂似愛似恨的面具，
你也不知面具下有許多淚水。

情節隨意而生，你今天的生活，
就是我明天的劇本，你有多長我演多長。
在真實和幻影的交替之後，
在我抄襲了你之後，幕徐徐落下。

11 蓮

雲越過了深藍色的一九七〇年，
停駐在一九七一年的無垠無際中。
一朵朵小時候的幻想，像蓮花，
開得好苦，周圍盡是快速成長的汙泥。

你的記憶裡有一片潔淨的天空，
它在你的頭上旋轉，和唱片一樣，
只是有許多風聲，雨聲，殞墜的慘叫聲，
來自天空的另一面，使你聽得驚慌。

啊，你愛靜靜的生長，開放。
有一種刻意的溫柔，像你的雙手攤開來，
胸懷中竟有一口空空的洞，我看得見，
你的心，跳得是那麼急促，難過。

12　小小地震

我們要怎樣相救？在持續的叫喚裡，
才能分辨自己的名字，用名字做暗號。
我們要怎樣相愛？才能把一顆石頭感動，
讓它褪去全身的青苔，為我們迸裂。

小小的地震一樣，我的精神竟跌倒了，
似乎被一隻野獸撞著，哀嚎的，
牠要通過我的身體和靈魂，
並由牠進進出出，使我掩不住痛苦。

又過了一年，我們不能相互看見對方，
只有用雙手來往，擁抱，擊打時間。
我們要怎樣生存？從相遇的燈光開始，
至分散的黑暗攏合回來的時候結束。

13　一尊佛像

你有一尊佛像，供奉在希望那方，
日夜焚香膜拜，把自己跪成一支蠟燭。
窗外，廟宇的燈綵高高站在天邊，
你愈跪愈矮，終至成一堆影子。

你依然存在，任我一再影印，
將你的形象貼在黑暗的裡面，
光亮的地方因而空無，蒼白，
你的頭髮爬出窗口，是黑暗的延伸。

不要，不要從七樓上往下掉，
美麗的落下，必須要有一雙翅膀。
佛像的眼神裡有上升的光，
幽幽微轉，在天空中照出一片黎明了。

14　海的子民

你醒的時候是一九七六年夏天
風拂，椰子樹瘦長，海水倒立。
那反過來的手掌有一塊沙灘，
輕輕隨著浪濤，游向夕陽裡。

留住美好的景色，卻留不住時間，
你我的年齡，就要在臉上證明，
是的，我們就互相用臉頰磨擦皺紋，
讓淚痕也一併消失。

我們不能成為海的子民，所以離去，
那沙灘上的腳印跟隨我們，並帶著另一群腳印。
匯聚的呼吸聲宏亮如狂嘯的海風，
許多另外的你我，浪濤一般游過來。

15　討論

你說：「相信人類之路是孤獨而艱苦的嗎？
母親給我們雙腳，卻不給我們路，
給我們兄弟，卻不給我們相同的姓名，
踏出門外的第一步，就註定錯誤？」

「遇見你，你一無所有，
你甚至不存在，而能終日包圍著我，
有如無數罩下來的網，覆蓋在夢中，
我卻不曾夢見你，你那麼陌生。」

「我和你討論生命，靈魂，還有愛，
你以全身說話，把語言擁抱著我，
而我仍惦記著我那自私的使命，
是孤獨而艱苦的人類之路啊！」

16　一場災難

一九八〇年，你離我好遠好遠，
在不清楚了的天邊，你是一抹雲彩，
我向你問候，獻給你雙重的眼神，
凝神在淚光中產生了激烈的火花。

又是一場災難，全部的色彩被燒盡，
你走出來的時候，是一片黑也是一片白，
瞬生瞬滅，整個畫面不能留住任何形象，
整張地圖上，也不能留下任何路線。

你少了一個胸部，陷空了的懷念，
用不斷奔往的我填入，無底的空間。
你的身體是一幢無人居住的樓房，
從今以後，我搬進去，並永遠鎖上門窗。

17　歸於我的裡面

我在你的裡面思索怎樣把全身打開，
到了一九八三年，我能循著血液流出，
只是一次一滴，我盡力找到生命的出口，
讓出來的我，變成一個新的你。

也許這是另一種開始，在青澀的草原上，
一棵樹正因為有根，才竄升為千萬棵樹。
突然增多的你，將我包圍，將我舉起，
我像一支火把，猛烈的焚燒起來。

無數的閃爍，終於照到了你，
那麼多的你使我分不清真假，
但我心中有一條深巷，請你及其餘的你
一一走入，一一歸於我的裡面。

三代

第一代　　向牆壁說

你們是一道一道的牆壁
我整天面對著你們，
接受你們的監視，
你們的冷漠，
永遠建立在這世界上。
你們聯合的方式，
除了公寓，
還有監獄。

我前面的牆壁啊，
我要穿過你們，
已努力了好多年呀。
我曾經掛上一本日曆，
一天撕一頁，撕至最後，
牆壁，就連同你們一起撕下，
好讓我有個窗口出去，
然而，我把你們撕下了嗎？

也曾經掛上一面鏡子，
每日對著鏡子走進去，
雖然又走了回來，

牆壁，我仍要走過你們，
好讓我有個門口出去，
然而，門在哪裡？
我能從鏡子走出去嗎？

牆壁，聽我說：
你們一定要開個窗，
窗不會是你們的傷口，
　是自由的傷口，
自由的血從傷口流進來了。
你們也一定要開個門，
門要寬要大，
讓鮮花和綠草
一大群一大群的走進來。
牆壁，讓我親手為你們開闢門窗吧！
我用精神的鑿子，
　意志的錘，
一陣一陣的敲擊下去，
你們疼嗎？
忍耐一點，
只要有個小洞就有希望了。

我要把雙手傳遞出去，

去曬一曬陽光，
去淋一淋細雨，
可是，我的雙手先要穿過你們，
鋼鐵一般的牆壁。
我失敗了，你們勝利的站著，
而且越站越高，
把天空頂在世界的外面，
中國，我的世界已沒有了天空，
只有一道道
把我包圍的牆壁。
牆壁，我的雙手敲擊著你們，
十指已流血和發霉。

讓我出去……
我懇求你們，人類的牆壁，
你們倒下來吧，
躺在地上，接受泥土的芬芳，
躺在地上，瞧瞧天空的湛藍，
你們倒下來吧，
舒解你們堅硬的筋骨，
忘記你們愚蠢的姿勢，
你們完完全全的倒下來吧，
讓世界一片空曠。

第二代　時間，壁上的鐘停了

入夜以後，我守在孤燈下，
認真思考著明天即將要發生的事件。
明天，是一個決定性的日子：
　　　　妻子要臨盆，
　　　　雜誌要出版，
　　　　選舉要投票，
　　　　父親要出獄，
　　　　我要上街貼海報，
　　　　天空要放晴，
這些都在明天，明天是一個好日子。

可是，我的心裡很緊張，
入夜以後，我守在孤燈下，
我翻開自己填寫的備忘錄：
　　　　三日向老闆借一萬元，
　　　　四日交給妻子三千元買嬰兒備品，
　　　　五日雜誌社開會，交同仁費五千元，
　　　　十一日 L 從南部帶消息到中部來，
　　　　十三日 L 上北部，車禍死亡，
　　　　十四日 C 作家回國，
這些都是昨天以前的事，又近又遠。

今夜，我一個人守在孤燈下，
手中握著一份雜誌的宣傳海報，
想到日後，日後的幸福：
　　　　二十五日公司要改組，
　　　　下個月七日紀念館要破土興建，
　　　　十日鄉土文物展要揭幕，
　　　　十五日我的孩子滿月，
　　　　二十一日Ｃ作家要上電視臺講演，
　　　　二十八日我要回家鄉和父親種田，
　　　　過了明天以後，這些事都要實現。

我在燈下穿好衣服，帶好裝備，
可是時間還早，時針指九點，
我該去坐在妻子的床邊，
不，我要擦亮我精神的劍，
讓它閃閃發光，時針指到十一點，
我該去躺在妻子的身邊，
不，我要寫封長長的「與妻訣別書」，
一字一句從頭寫起，時針指到二點了，
我該去觀察胎兒的動向，
不，我要等待黎明，
黎明時我就要
和所有關心前途的朋友，
一齊出發。

我靜靜的守候，像一艘
暴風雨前才要起錨的船，
但我相信，衝過暴風雨
就可到達幸福的島嶼。
我抬頭望一望壁上的鐘，
哦，壁上的鐘停了，
時針仍指著二點。

兩點的時候到現在，我做了什麼？
窗外沒有星沒有月沒有動靜，
不知是否快天亮了。
天亮後，妻子可以到醫院去待產，
她要為我誕生第一個孩子，
一個中國的孩子，善良的孩子，
　　　　　　　　強壯的孩子。
她的陣痛一定已經開始，
她躲在床上用棉被蒙住頭，
她不讓我憂慮，可憐的妻子，
因為我肩負了任務，
她要自己去醫院生產，
她說，我平安回來時，
　　　　就有一個可愛的嬰兒叫我爸爸。
可是，壁上的鐘停了，
時間似乎也不再向前走了，

那麼，一切的事情都要停留在現狀。

天亮後，雜誌要出版，
就有許多人讀到我們描述的真相，
還有Ｃ作家的文章，
這一期，一定暢銷，
它的精彩，完全表露在讀者的臉上，
然而，時間不再向前走了，天永不亮。
假如天亮後，選舉要投票，
這次是最重要的選舉，
民主，進步的選舉，
誰會當選，早在預料之中，
然而，時間不再向前走了，天永不亮。

假如能夠天亮，父親就要出獄，
這事已在報端對國內外發佈，
我要找出三十年前遺落的圍巾，
為他繫在盼望自由
而變成細細長長的頸子上，
然而，時間不再向前走了，天永不亮。
假如天亮了，我要上街貼海報，
從城鎮的這一端，貼到
希望的那一端，從市場
走到車站，我要認真的貼，

讓所有的人都看得到，
然而，時間不再向前走了，天永不亮，
這一切事情都停止，無法實現。
我站在門口，迎著風雨，
前面的路在黑夜中消失。
我回過頭，發現燈下的我衰老了，
我從三十多歲的青年
變成六十多歲的老頭子，
我相信這一夜的守候已過了三十年，
沒有人來通知我出發的時間已到，
而且，天永不亮，

　　　妻子仍未臨盆，
　　　雜誌仍未出版，
　　　選舉仍未投票，
　　　父親仍未出獄，
　　　我仍未貼出一張海報，
明天的日子仍遙不可及，只因為
時間，壁上的鐘停了。

我在房間裡來回走著，
我要腦中的石磨加速運轉，
只是時間，你為什麼要停止？
我走出去，
向東方的天幕敲門，

中國，為什麼曙光不露出來？
我一直敲門，
一直敲。

第三代　童年，你要藏起來

時間釋放了我的童年，
一雙赤裸的小腿，
一雙細嫩的小手，
一對烏亮的眼睛，
一對雪白的翅膀，
從記憶深處緩緩飛出來。
凌晨，時間
釋放了我最美的一段年齡。

我剛從睡眠中微微醒轉，
童年像晨曦
從天窗照進來，
我立即驚惶憂慮。
只怕時間
到了黃昏，
夕曛落在我蒼老的臉上，
就要把我

長著翅膀的童年
召回。

童年，你要藏起來，
我起床思索，
看看臥房四周，
哪個角落
可以藏得住你？

藏你在梳妝鏡裡，
但那鏡面有裂痕，
你會露出來；
藏你在衣櫃裡，
但那衣櫃的鎖已腐朽，
你會被抓出來；
藏你在床下，
但那床下全是老鼠的屎，
你會被老鼠趕出來。
藏你，我的童年，
我怎麼藏你？

我害怕，那知識的帽子
戴在你寬闊的額上；
我害怕，那感情的面具

罩在你稚氣的臉上；
我害怕，那文明的衣裳
穿在你純淨的肌膚上；
我害怕，時間召回你，
把你妝扮成今日的我，
我老了。

童年，我怎麼藏你？
你對我微笑，
記得，三十多年前，
你還帶著銀鈴一般的笑聲，
可是，你現在的微笑，
只是默默的，持久的
像掛在壁上的照片。

童年，我的中國童年，
你的聲音竟然沒有了，
而你現在對我的微笑，
仍能使整個世界
在一瞬間都成了天堂。
所以，我一定要把你藏起來，
啊，時間已在屋外慢慢的走來了，
他帶著歷史的影子，
要把你召回。

中國啊，給我一個地方，
讓我把童年藏起來。
從凌晨到正午，
我尋不到一個安全的地方，
這裡，都被政治的手翻過了，
這裡，一切都是赤裸裸的，
時間就要來了，
童年，我怎麼藏你？

只能注視著你，
雙手把你抱起，
小小的身軀
帶著翅膀，
在我手中飛翔；
童年，你好像一片陽光
在我十指間閃耀，
雖然我好高興，
可是你的肌膚寒冷，
時間就要把你召回。
假如生命的童年可以藏起來，
中國，給我一個安全的地方。

從正午到黃昏，
我把門上閂加鎖，

在房屋的四壁塗上黑影，
好讓時間找不到你。
我不再出門，全心全意
守著你，童年
我從小就要守著你，
三十多年前的中國，
我當時就應該守著你，
我一生一世都應該守著你。

童年啊，他們來召回你了，
多麼簡單的
一寸一寸的從我臉上召回，
留下許多扭曲的皺紋；
一寸一寸的從我腦中召回，
留下許多空白的回憶，
我老了，
我喪失了思考的能力。

時間召回了我的童年，
留下一雙赤裸的瘸腿，
留下一雙乾枯的瘦手，
留下一對凹陷的盲眼，
留下一對光禿的殘翅，
我，緩緩的飛向明天。

中國，我的童年中國，
我怎麼找到你？

童話的遊行

●下午一時一分，城市的街道上
　有遊行的人群呀，陽光給他們塑造
　好多好多的影子，淹沒了街道

　　　蝴蝶的衣服被花朵穿走了
　　　老虎的衣服被森林藏匿了
　　　國王要一件聰明和誠實的新衣
　　　但它被虛榮和詭詐掉換了
　　　這件衣服是看不見的
　　　而且也不能掩飾的
　　　不能掩飾平凡的身體
　　　不能掩飾慾望的心
　　　不能掩飾臣子的謊言
　　　尤其不能掩飾的
　　　是一個小子民的雙眼和嘴巴
　　　　　看到了真象
　　　　　說出了真話

●下午二時二十八分，我把廣告招牌
　移去一些，遮陽棚移去一些
　窗戶可以睜亮眼睛了吧

小野花睡著了
夢中有太陽的光芒哪
有百靈鳥從高空傳來的歌聲哪

小野花醒來了
牡丹花搖走了陽光
落下一大片影子遮住小野花
鬱金香挺出華麗的身子
去邀請百靈鳥為它歌唱

啊！卑微的小野花又睡著了
夢中沒有太陽的光芒哪
沒有百靈鳥快樂的歌聲哪

小野花又醒來了
看見百靈鳥被關在牢籠裡
因失去自由，啼哭了起來
小野花為百靈鳥而永遠不睡了
百靈鳥為小野花而一直悲哀的尖叫著

●下午二時四十七分，我被
陽光擊倒在地，看到許多雙腳啊
不管向什麼地方，總是要踩過我

縫衣針有心，尖尖細細
隨時要刺穿什麼的
它老是在想啊，不停的想啊
手指攔著它的腰緊緊的捏住
把它穿過一隻裂開的拖鞋
它喊著：我要折斷了
它真的折斷了
它真的如它心裡所想
被主人滴上幾滴蠟
做成了一支胸針
舒服的坐在頸巾上面
可是，它滑落到汙水溝裡去了
它想自己是高貴的
在最壞的環境裡仍要保持原狀
不和浮游的菜屑說話
不和腐爛的草葉點頭
汙水怎麼旋轉和飛舞
它都不被迷惑
它為自己的文雅感到自傲
日光來了，到水底來尋它
可是它太細，日光又走了
縫衣針的心啊，尖尖細細
老是在想啊，不停的想啊
隨時要刺穿什麼的

●下午三時十二分，牆上的照片
　不要取下它，它的歷史
　永遠掛在醒目的位置。火從照片的一角燒起

●下午三時三十三分，我握住了一個人的手
　但我在街的這邊，看不到那邊的他
　他失散，被樓影捕捉。變高的樓影逼近我

　　　　在樹林裡——
　　　　有一株小杉樹要求自己
　　　　快些長大，快些長大
　　　　到了聖誕節的時候
　　　　它是最先被砍掉的一株
　　　　它忘記了空氣和日光

　　　　在大廳裡——
　　　　小杉樹被插在一個放滿沙的木桶上
　　　　枝幹掛了許多彩色的紙袋
　　　　紙袋中的糖果說著甜蜜的話
　　　　鍍金的蘋果和胡桃擺出美麗的姿態
　　　　彩色蠟燭站在自己的位置
　　　　男女小木偶坐在綠葉下欣賞自己的面具

哦，小杉樹發現自己戴了一頂銀色的星星帽子
這真是漂亮！真是豪華！
讓小杉樹的每根枝椏都發起抖了
鈴響著
孩子們向它圍衝過來
搶走了它身上一切的東西
枝椏發出折裂的聲音
蠟燭的火焰也燒痛了它啊

在院子裡──
小杉樹被砍成許多小段
一小段一小段放在火裡去燃燒
最後，它只能盡力冒著火焰
深深發出爆裂聲
每一個爆裂聲都是它的嘆息

●下午三時五十九分，在一個廣場
攝影機的鏡頭還沒打開
旗子還沒插正，廣場上的鴿子已經飛走了

相傳這是真的事
有一隻白母雞啄了啄自己的羽毛
不小心落下了幾根。

另有一隻母雞說了說
說那隻白母雞啄去自己的羽毛
是為了增加好看。
貓頭鷹霎了霎眼睛告訴鴿子
說有一隻白母雞把羽毛完全拔去
是為了使公雞高興。
鴿子們聽到後，咕咕的說
說有兩隻白母雞拔光了身上的羽毛
是為了引起公雞注意而凍死了。
這個夜晚已經過去啊
蝙蝠們尖聲說：讓這事再傳出去嗎
公雞們啼著：讓這事再傳出去喔
說有五隻母雞把身上的羽毛完全拔去
互相啄著，都倒地死了。
這事不是秘密呀
應該傳出去
像公雞的啼叫聲
喔──喔──
傳到那隻白母雞的耳朵裡
那隻白母雞會聽信嗎
從黑夜裡爬出來的太陽
會聽信嗎

●下午四時二十三分，一架直升機
　垂下一條長梯，有許多往梯上攀爬的
　人，離開了土地和城市的街道

　　　亞麻的花是有藍色翅膀的
　　　當它被擲在水裡溺死
　　　放在火前烤乾
　　　被木棒打碎成絲
　　　放在輪盤上，嗚嗚嗚的搖起來
　　　當它被織成一匹布時
　　　它的生命才開始呢

　　　亞麻的花是有藍色翅膀的
　　　它被剪成衣服
　　　舊了，破了，被扯成無數小塊
　　　切著，上著漿，煮著
　　　它變成了潔白的紙張
　　　它享受著被書寫的喜悅
　　　它的思想才開始呢

　　　亞麻的花是有藍色翅膀的
　　　它被扔到火爐裡燃燒了
　　　它冒出無數閃爍的小火星

高高的升到天空中去
向著遙遠的太陽飄去
無數藍色的小花長出翅膀了
它從來都想不到真能飛翔呢

●下午四時四十分，腳踏車的輪子
我的眼鏡，噴水池，大圓形的時鐘
還有我的年齡，都是四十年前製造的

●下午五時九分，一個故事被捕了
被拘留在陽光照不到的地方
故事未中斷，有人在另一個地方續寫

十一隻雪白的天鵝，戴著王冠
緩緩的拂過海面飛來
從黃昏那端飛來黑夜這端
這端有他們的出生地
有父親所住的宮殿
有母親所埋葬的教堂高塔
有妹妹所跪禱的柔軟蘚苔
這端是他們自己的國家，要探望啊
只是，已經淪落在黑夜裡了
像一個枝葉織在一起的森林

月光和星光探不到消息呀
低翔著的天鵝扭轉自己的長頸
啄著自己的翅膀，叫著妹妹的名字
又要放逐到世界的遠方去了
啊，飛吧！
一隻銜接一隻，還有跟著去的妹妹
都在大海上的天空中向前飛
他們把每個日子團結起來
除了飛還是飛
直到有一塊可以棲息的國土
那上面，長著許多尖刺的草
為了得救
他們忍受著刺傷的苦難
是的，他們從黑夜那端飛來黎明這端

●下午五時三十八分，開始下雨了
　有一絲陽光在雨中行走
　我驚起，跟著走，跟著陽光行走……

●下午六時整，安徒生正在等我
　大廈的第七層，我的房間
　縮成一個繭啊。我回不去了

母親坐在兒子的床邊
她的兒子是一棵藍色的小花
在死神的溫室裡病得歪倒了
她把唱給兒子聽的歌
唱給了穿黑色長衣的夜神聽
她把擁抱兒子入懷的胸膛
擁抱了尖刺如刀的荊棘
她把一雙明亮的眼睛
給了幽深的湖水
她還把烏黑的頭髮
交換了老婦人的白髮
而死神仍伸出手來
要帶走她的兒子
每一棵樹或花就是一個人的生命
死神是上帝的園丁
要把世界上所有的樹或花
一棵一棵的移植到天堂
她怎能阻止死神呢
憂愁的母親啊

●下午六時十六分，我要帶著安徒生
坐在國民小學的圍牆下，地上幾片落葉
應知道成長的日子是嫩綠轉青而黃呀

這是站在街頭的最後一夜
路燈回想起以往的各種事情時
它忽然特別光亮
像露出笑容一樣啊——
而隕星畫著一條光帶
傷心的落到它的裡面去了

第二天，老警察夫婦收容了它
它忽然像個躺下來的工人
疲倦的躺在一張椅子上
它完全可以休息了
只是屋裡太暗
比外的夜還要暗

它好想再亮了起來
想讓光透過燈罩上的花紋
把巨大的森林投照在牆壁上
一切細緻和美麗的地方
都不應被黑暗掩住
就在老警察生日的當天
它被點燃了，光
從它心中再度升起

●下午六時三十分，沒雨沒陽光
　一個從補習班出來的學童路過我身邊
　我把安徒生給了他，以及這童話的下午

●下午六時三十分，沒雨沒陽光
　一個從補習班出來的學童路過我身邊
　我把安徒生給了他，以及這童話的下午

評語：

　　華萊士‧史蒂芬斯曾為他的詩學架構作出種種闡釋，而是終稱之為無上虛構。而虛構本身的出發，並非完全來自想像，雖然想像力的強軔，以及抽象力的轉折，都可使詩的幅度陡然推昇高漲，但往往虛構的成份，卻來源自現實種種事物的組合，各種不同的現實事物經過藝術家的整理安排，儼然自成一種秩序，將現實提昇，就是將事物的殊相發展成與大眾能引起共鳴的共相，所以寫實是次要，虛構才是無上佳品。

　　史蒂芬斯的虛構為fiction，而童話世界的虛構卻是make-believe，雖是烏有之鄉，卻在世情的虛幻中充滿了人情的冷暖；雖是子虛之語，卻又何嘗不是人世眾生所殷殷期待的心聲？中國人是一個嚴峻的民族，在古代的神話中（童話尤缺）往往缺乏一種想像的溫馨，而在今天的種種不滿與期待裡，我們卻可以他山之石，借重於丹麥的安徒生，或德國的格林，在焦慮中求尋紓解，在不安中獲得發洩，在無奈中得取童話美滿結局的片刻安寧。

　　「童話的遊行」就是揉合了在今天分秒進行中的爆炸性現實和永恆性的童話現實，以雙線進行作呼應式的結構，現實的無奈與變化，配合著童話「過渡式」的情節（因為無論如何悲慘或幸福，結局我們早已知曉），更突出了對社會現實的某種「反諷」及徬徨。（原來我們所謂的現實卻如斯童話性，況且結局更是未知！）

　　所以在安徒生選擇性的童話裡，譬如「國王的新衣」、「小野花的故果」、「十一隻野天鵝」、「小杉樹的一生」、「舊路燈的獨白」……等等，我們看到的不僅是安徒生童話，而是在童話虛構的烏有之鄉所產生出種種現實的反映，如此「童話」只是橋樑，搭向「遊行」的真實；我們甚至可以看到三線發展的結構，那是詩人敘說者的第一線，現實世界的第二線，與童話世界的第三線，息息相關，此起彼伏，使閱者有如陷身三路伏兵，無法脫身而心神未嘗敢稍懈。

　　作者以虛構性的童話凸出他批判性的意識型態，未可厚非，而經過高度的藝術處理，洗練的文字，結構的全面統一，膺選榜首，眾望所歸。

（第十一屆中國時報文學獎新詩決審委員／張錯）

台灣 鄉鎮小孩

1. **林宇彥**：成衣加工區富商的兒子，就讀於某大學附屬小學三
年級。其母親嚴厲好勝，常要求孩子事事不輸人。

> 小孩穿著西裝樣式的紅色制服
> 在校園的樹林裡疾走。地上的落葉
> 仰望著樹梢，曾棲息過的地方
> 又冒出嫩綠的新葉，是他的弟弟。
>
> 小孩跑累了，跪倒下來
> 地上的落葉在風中依偎著小孩的臉頰
> 接受一絲絲呼出的氣息，漸漸
> 凝聚在枯黃的葉片上，成為一顆水珠。

2. **紀南裕**：家中設電動玩具遊樂器。讀小學四年級，常藉口不
上學，功課差。

> 小孩背著書包，要回到家裡的螢幕上
> 一個人走著，途中有許多陷阱。
> 他去尋找一位蒙面忍者
> 樹林裡，寺廟裡，還有學校的圍牆下
> 他都找到跟蹤他的腳步聲。
>
> 小孩一個人走著，像面寫不完的作業
> 他拚命的逃避，在螢幕上奔跑。

腳步聲又來了，小孩回頭一瞧
果然是忍者，卻是老師的面孔。

3. **蔡民志**：父親在市場賣菜。有兄弟姊妹六人，每日清晨，需
幫忙搬運菜簍。

小孩蹲在市場裡，凝視高麗菜上的
一隻白色蟲子的蠕動，像老師的一支粉筆
在黑板上寫字，看不懂的字
愈寫愈多，小孩真想把它擦掉。

小孩只用眼睛凝視著高麗菜，直至
那隻蟲子穿破第一層葉片，鑽下去
吃第二層葉片，再鑽下去吃第三層葉片
吃到中心最嫩的一葉。小孩眼中的淚就掉下來。

4. **李芝玲**：某鎮長么女，讀小學二年級，曾練舞蹈，參加縣賽
獲第一名。患血癌。

窗台上有一個會旋轉舞姿的機器娃娃
跳著一再反覆的十九世紀的曲子。窗外
陽光照進來，縈住了小女孩的兩條辮子

原來小女孩只是一張相片，在相框裡。

老師帶著一群同學
從遙遠的地方來唱歌
小女孩用全身僅有的一點點血液旋轉
蒼白的臉微笑，綻放色彩……

這是一張相片
小女孩留下了什麼，竟然陽光不忍離去。

5. **葉詩蓉**：讀啟智班，父親是大陸來台的退役軍人，在學校當
工友，兼營小吃店，母親是台灣人。

小孩是海峽那岸的種子，落在這岸的泥土裡
蟲蛀食種子的時候，農藥還沒噴灑下去
然而她還是生長出來了
站在任何人面前，她總是低著頭。

小孩是一棵長不高的植物
在風中低著頭，在雨中低著頭
也在陽光中低著頭。有人看見她的臉
是一朵花，為什麼不能抬起來點綴這片土地
？

6. **何薇雲**：家開理髮廳，父親妨害風化。理髮廳數換店名。

小女孩今天又編織了另一個髮式
是媽媽、阿姑、阿姨的手在她的髮中
每天所做的功課。

小女孩去瞧鏡子裡的自己，黑色的髮
在燈光下集合，解散，集合，解散⋯⋯
和今天在操場上排練隊伍一樣。

那些爸爸、伯伯、叔叔喚著她的名字
她從鏡中轉過身來。躍起
一隻邏羅貓，跳入
一個接一個的男人眼裡，最後才逃走了。

7. **方金盛**：父母分居，跟母親住；母親在旅社上班，甚少回家。

小孩拿著一枚硬幣到走廊盡頭的電話亭下
撥轉著0至9中的六個數字。等待聲音出現
258241嗎？他把號碼重新組合
因為家庭破碎，這個爸爸為什麼
要和那個媽媽組合？他再把號碼拆散

284512嗎？等待聲音出現。

掛在廊柱上的電話機默默注視小孩的離去
忍不住的電話機終於出現聲音
大聲喂──也喚不回那個失望的小孩。

8. **王珊春**：讀五年級，有偷竊習慣，曾偷走教師宿舍前校工飼
養的一隻小羊。

不要再看小女孩一眼，她的倉皇
最怕眼光強烈的照射。她的心
在黑暗中跳動，並在深密的草叢裡
找出口。給她一個機會
回到母親的子宮中，重新懷胎十月。

她是洞穴中老鼠的朋友
出入時，總怕踩到別人的腳印
忽然，老師叫她的名字
她要繞過許多有光的地方
到講台上，把臉埋入黑板裡
再用板擦，擦去。

9. **洪木龍**：讀小學六年級，身材肥胖高大。三年級時曾留級重
讀，父母與鄰居不睦。

厚厚的雲從天空中垂入鄉鎮裡
陰冷的白天，灰色的空氣在磚屋背後
集合，並包圍一個男孩
不敢敲門進屋內，他才和人打過架
歪腫的臉頰，撕破的外套
還有受傷的童年，傷口淌著血。

一個男孩仰望著天空。快打雷了
要為他下雨嗎？先把雲塗黑
也把天空塗黑，再把世界塗黑
一切都看不見了
直到閃電時，才看見他的眼中在下雨。

10. **柯華綾**：小兒科醫生的長女，十一歲，即將隨母移居至美國
就學，但父親仍留在台灣執業。

露營那夜，小女孩在星空中
發現流星劃過一座山谷
她就舉起雙手指揮，指揮
一個好幾千萬顆星星的合唱團

唱著一首悲傷難過的歌曲
為了那顆流星離去。

在夜空中，星星的眼
因為淚水盈眶，一眨一眨
就流成一條河了。

小女孩在銀色的河流中
流往夢的境界去了。

11. **卓孟玉**：小學四年級，右頰眼睛下方有塊褐色胎記，是養
　　　　女，喜歡唱流行歌曲。

小女孩站上台，努力地把以前的聲音
再找回來時，燈光都熄滅了。

她的母親來看這一次的表演
尋找臉上有褐色胎記的女兒
如果燈光聽到她的歌聲
就會凝聚，照亮她圓圓的
一張有缺陷的臉，像有腐斑的黃葉
怕被人用手刻意摘去。

她的歌聲在黑暗的風中來到母親的耳旁
一句一句呼喚：
媽媽，我在這裡……

12. **高志成和高志仁**：為雙胞胎，父親是船員。兄弟倆常帶一
　　　　　　　　　　　些國外的小物品到學校把玩。

一對雙胞胎小男孩，默默的
在教室的課桌上擺設異國的玩偶
還有一些陌生的錢幣，古老的音樂盒
時間在盒裡旋轉，發出三拍子的舞曲
戴眼鏡的女老師正對著它沉思。

暑假都過去了，教室窗外靜靜的
只有教室裡玩偶唱著歌
錢幣上的肖像對著全班學童講述歷史
雙胞胎小男孩互換了位置
誰是左？誰是右？學童都不明白
錢幣上的肖像突然問了老師
女老師說：大陸在左，台灣在右。

13. 陳辛益：三年級，父親是零售店老闆，並從大家樂起至六合
彩，均做組頭，曾被警方抓了兩次。

小男孩正用影印機複印今天的日子。
印了好多張，沒有一張是清楚的
今天是一個灰濛濛的日子
再怎麼複印，也印不出
雲霧中的太陽。

白紙上汙黑了一片，有一些字跡
可以讀出它的意思
斷斷續續，像小男孩的日記：
早晨陰天……老師……電話通知……
不……簽另一支……警察到家……
搜查……爸爸跟著大雨走……

這是一架疲憊的影印機
無力地，想把消失的太陽
印在小男孩的心裡。

14. 顏顯南：七歲，家設神壇，供人膜拜，父親當乩童，招攬信
　　　　徒，捐獻進香，並為人收驚解厄。

小男孩的衣領口掛著一條紅線
紅線端繫了一塊翠玉。他的手腕
套上一串米色唸珠，口袋裡還有
一疊符咒。他好似一尊小神像
腳步下，影子會爬起來。

許多人都來圍觀
繞著小男孩旋轉
燭火在眼睛裡搖晃，掉淚
光，走在一條黑暗的路上
一炷香通知了另一個世界
小男孩就帶著大家過去。

蘇諾的一生

當鳳凰正飛進那熊熊的烈火，為什麼，
我還要睡在十字架的綠蔭裡乘涼？

——楊喚

●一九九〇年‧塘鵝‧誕生

蘇諾生於台灣東部海邊，父親是大學教授，但已離開教育界，專心考察台灣的歷史文物。母親曾任電視台記者，也因故辭職。蘇諾是獨生子。

塘鵝啄破自己的胸膛
用流出來的鮮血
餵食將要死去的幼鳥——我啊

塘鵝在水邊的草叢中築巢
張開大嘴露出血紅色的喉囊
那是夕陽的呼喚——呼喊著我啊

塘鵝飛行，下水捕魚
在冬季守候雪的溶化
用血溫暖了雪，使翅膀張開——我啊

●一九九七年・蜥蜴・七歲

　　蘇諾入小學。十一月台灣發生大地震，東南部最嚴重，死傷數萬人，台灣地形扭曲破裂，滿目瘡痍。

　　逃逸後，就自割尾巴
　　可是回過頭來
　　還伸出分叉的舌尖
　　偵測我的童年在哪裡

　　蜥蜴測定了獵物的位置
　　然後攻擊，像牠一樣
　　我的童年也在攻擊我的未來
　　咀嚼時，蜥蜴閉下佛陀的眼睛

●一九九九年・貓頭鷹・九歲

　　蘇諾的父親遭暗殺，家中的文物被搜刮無遺，家境悽
慘。在這一年裡，台灣有多位學者失蹤。

　　　將貓頭鷹的兩翅展開吧
　　　用釘子釘在穀倉的門口上端
　　　面對著夜，要把我的夢藏匿

　　　死亡的天使
　　　在我的夢裡飛舞著

　　　貓頭鷹的肖像一入夜就掛出來
　　　我抱著我的枕頭
　　　不敢再瞧牠一眼兩眼三眼……

●二〇〇〇年・天鵝・十歲

母親帶蘇諾投靠南投山區的舅舅。認識和他同班同學林莎。林莎是縣長的孫女。

天高高地遠遠地離開土地的歷史啊
鵝

披著黑色的羽毛
披著白色的羽毛
我帶著豎琴歌唱
站在珊瑚礁島嶼
等待從水中升起
千萬隻期待的手
捧出一輪火熱的
太陽，放射光芒
並要上昇去追天
褪去身上的黑色
褪去身上的白色
以彩色飛離童年

●二〇〇六年‧鳳凰‧十六歲

　　蘇諾入台中第一高中就讀。南投山區大火，舅舅喪
生，蘇諾受火傷。母親因報導這次事件，應聘為某報社
記者。

　　　鮮紅的太陽穿越，劈開雲層
　　　抵達黑夜的巢穴
　　　我隨後穿梭，前往
　　　像一根火柴棒，劃過危險地帶
　　　在碰撞時冒出火花

　　　巢穴中的鳳凰被太陽光焚燒
　　　成為一堆灰燼啊
　　　冷卻的我
　　　熄滅的我
　　　僅留十根手指頭
　　　在灰燼中蒐集自己的殘骸

　　　並且
　　　將之秘密組合成鳳凰原來的形體
　　　期待第二天黎明時復活

●二〇〇七年‧鴕鳥‧十七歲

　　母親在報刊發表「新台灣的沉淪」一文，並為首帶領
群眾抗議遊行，發生衝突，軍警百姓各死傷數百人，遭捕
入獄。班導師羅德之收留蘇諾。

　　鴕鳥產下蛋後
　　有了翅膀，卻飛不起來
　　就拉長脖子，才看見
　　天空關在籠子裡面
　　籠子外面，土地在奔走

　　走過了沙漠和曠野
　　又被洶湧的海洋追逐
　　就把頭與頸埋在草叢裡
　　過著不見天空的日子

　　讓我們不斷的凝視鴕鳥蛋吧
　　眼光的溫熱
　　也能使蛋殼破裂，孵出天空

●二〇〇八年‧獅子‧十八歲

　　羅德之指導蘇諾寫詩，編輯學校週刊。九月，參加
大陸文學獎徵文，以「血印在雪版上」為題，榮獲詩類
首獎。

　　　　當狩獵開始
　　　　雄獅帶著幼獅
　　　　草原的胸懷
　　　　迎接踩著鐵蹄的隊伍

　　　　我望向窗外
　　　　埃及女神的獅頭
　　　　從山丘的岩壁上昂起
　　　　那一聲吼叫，傳至今世才聽到

　　　　我俯視桌面
　　　　獅子的隊伍仍要前進
　　　　在我的稿紙上狩獵
　　　　我讓牠們幾分，不得恐懼

●二〇〇九年‧野雁‧十九歲

　　　蘇諾考入台灣大學。何子曙教授組「人環意識促進會」，蘇諾參與活動。發表千行長詩「面對離亂」。

　　渡海而來吧，野雁
　　用嘴將自己懸掛在漂流的松枝上
　　貝殼，銜著幼鳥潛行
　　在波浪中舉家遷移
　　往一座島嶼而去

　　我在島嶼上尋訪野雁的家
　　回溯到十一世紀
　　有一座寺院
　　遺留下來的鐘聲
　　告訴我棲息的地點

　　佛祖，乘坐野雁飛翔
　　佛祖，乘坐我心飛翔
　　在冬季灰冷的天空中

●二〇一〇年·黑熊·二十歲

　　七月初起，蘇諾隨何子曙教授巡迴全島演說，至八月
底止。十一月，出版詩集「獄外獄」，並同時發行英、日
文版。

　　　黑熊把夜帶到房屋外面
　　　夜以圓圓小小的眼睛
　　　看著屋簷下的燈泡
　　　熄滅在自己的夢裡

　　　我伸手去換一個燈泡
　　　只見天上的大熊星座
　　　站立起來
　　　用前肢抓著黑夜的雲

　　　雲被弄得散亂了
　　　像我的家鄉，無處找起
　　　現在住的這裡太暗
　　　我必須換一個燈泡來照亮啊

●二〇〇七年‧啄木鳥‧二十一歲

　　大陸發生戰亂。蘇諾舉辦第一次詩作個展，以各種媒體演出及發表，造成轟動，但其中作品「第七隻手掌」遭禁止展出。

　　　什麼時候才有一張嘴
　　　不必被禁止說話
　　　而能像一把又尖又長的犁
　　　在樹幹上犁開深深的田

　　　我擁抱樹幹，樹幹的裡面
　　　蛀蟲噬去了一圈又一圈的年輪
　　　形成了一生軀殼的空洞
　　　像荒蕪的田

　　　啄木鳥喊著：雨、雨、雨……
　　　綠色來臨並占領了每一棵樹
　　　也占領了我的身體
　　　一寸一寸從腳底往上攀爬
　　　樹擁抱了我，我的裡面
　　　也是有一塊待犁的田啊

●二〇一二年・夜鶯・二十二歲

　　蘇諾前往大陸，欲睹戰亂實況，得知林莎來上海復旦大學就讀，但已在一次街頭爆破中被炸死。回台灣後，寫「失心的台灣人」長詩。

　　　　我喝了傳說中的
　　　　用夜鶯的眼睛和心臟泡的酒
　　　　就一直清醒不睡
　　　　空曠的腦，水邊的耳朵
　　　　鼻端的昆蟲，嘴角的漿果
　　　　在夜裡環繞著我

　　　　形成不斷地旋轉
　　　　躺在床上盯著天花板中央的電風扇
　　　　不眠症初期症狀：眼睛瞳孔放大
　　　　不眠症後期症狀：心臟跳動遲緩
　　　　夜又走在一條漫長的鐵軌路上
　　　　被一輛急駛的火車壓過去

●二〇一三年・蜘蛛・二十三歲

　　五月，台灣局勢緊張。蘇諾大學畢業的第二天，即回到台灣東部海邊的出生地，租一小屋居住。七月，台灣宣佈戒嚴。

　　　我要穿越洞穴出去
　　　透光的洞口出現，可是
　　　被蜘蛛網封死了

　　　透過網，光是稀少的
　　　僅能供我讀雙掌，或膝蓋
　　　光落哪裡，就讀哪裡

　　　我在洞穴裡被黑暗吃剩的
　　　是流淚的眼睛，和無力的腳趾
　　　還剩下的一點點呼吸

　　　透過網，光仍舊照進來
　　　但一下子慢慢的消失了
　　　光會避開這個陷阱，就有希望啊

●二〇一四年・孔雀・二十四歲

　　二月，蘇諾最後一次獄中探望母親。三月十二日深夜，蘇諾在海邊沈思，被兩名軍警持槍逼迫走入海中，亂槍射殺而死。詩壇以「二十一世紀初最能反映時代的台灣詩人」稱之而哀悼。

　　　　孔雀在拂曉時分尖叫
　　　　睜開羽毛上的千隻眼睛
　　　　注視著我，我萎縮
　　　　退到好遠好遠的深夜裡

　　　　那些眼睛開始尋找我
　　　　有的藏在花器的草葉間
　　　　有的藏在華麗的衣裳上
　　　　那些眼睛注視的地方
　　　　總有我遺落的影子

　　　　我再退吧，退到更遠的
　　　　被夾在印度聖書中的夜裡
　　　　安靜地躺下來
　　　　讓世界的眼睛永遠找不到我

●二〇一五年‧翠鳥‧蘇諾死後一年

　　全球氣溫上升，大陸資訊衛星摔毀於台灣南部。母親
出獄，離開台灣。

　　浮動的巢是浮動的島
　　翠鳥天，巢裡的卵
　　有鳥兒探出頭來

鵲的敱事

深巷傑作

雨中的廟

諾的一生 ● 落幕

童話的遊行

父親與我

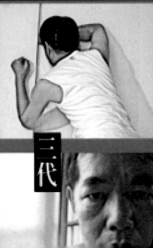

卿組

三代

台灣鄉鎮小孩

在真實和幻影的交替之後，
在我抄襲了你之後，幕徐徐落下。

——蘇紹連

資料

作品的發表與得獎

玉卿姐
- 1978年1月完稿・刊於《中外文學》1979年1月8卷1期

扁鵲的故事
- 1981年完稿・刊於《中外文學》1982年5月11卷5期

父親與我
- 1979年8月完稿・第16屆國軍文藝金像獎長詩銅像獎

雨中的廟
- 1982年7月完稿・第5屆時報文學獎敘事詩優等獎

深巷連作
- 1983年5月完稿・第6屆時報文學獎新詩評審獎(首獎從缺)

三代
- 1984年4月30日完稿・第7屆時報文學獎新詩評審獎

童話的遊行
- 1988年5月完稿・第11屆時報文學獎新詩首獎

台灣鄉鎮小孩
- 1989年2月完稿・刊於《自由時報》副刊

蘇諾的一生
- 1988年11月完稿・刊於《自由時報》副刊；後由JOHN J.S. Balcom翻譯成外文於【中華民國筆會季刊】發表。

本事

九隻鞋子

遊行的腳印從一九四九年我出生開始，毫無停息地在時代的路上一步接著一步向前踩著；我在這無數的腳印中找到了九個深深烙在台灣土地上的腳印。我今日來測量，製作九隻鞋子。

1

〈玉卿姐〉這首詩是台灣舊社會中所發生的愛情悲劇。在五〇年代的某一個夜裡，玉卿姐來到一間舊屋，進入屋內會見一個男人，這事被瞎老太婆所知。老爺爺得悉後，竟憤而氣絕。屋內的男人體弱多病，需由玉卿姐煮藥照顧。後來，媒婆欲為玉卿姐作嫁他人，玉卿姐不答應，遂被大伯關在頂樓，不准外出。大伯並率領大批人馬，放火燒死舊屋裡的男人，玉卿姐因而發瘋。〈玉卿姐〉的故事，非常陳舊，代表著過去大家族社會生活的一面，我從這個故事中首度感到傳統體制下人類是必然遭到監視與束縛的。

2

〈扁鵲的故事〉這首詩描寫三個男女之間的故事。扁鵲是醫生的外號，薇薇是癌症患者，小雅是薇薇的好友。故事發生在六〇年代，薇薇住院後，扁鵲成為薇薇的主治醫師，常常給薇薇一些建議，鼓勵薇薇活下去，可是薇薇自覺極度無望的扯掉那些醫療器具，翻落病床而亡。小雅以懷孕之身來探望薇薇，卻被醫生誤會，以為是小雅結束薇薇的生命，小雅受不了薇薇死亡的刺激及扁鵲的吼叫，她衝向頂樓的陽台，翻過欄杆，墜樓。這是一個悲慘的事件，透過男女之間情慾的微妙心理來書寫。六〇年代，人類在感情生活中傾向於灰色無望，台灣的都市男女亦是如此，走向極端的，大都在夢魘中默默結束自己的生命。

3

〈父親與我〉這首詩寫七〇年代年輕人成長歲月中的一股哀怨心思。詩中這位大學生從學校畢業返鄉，沒有職業，只有等待入伍。他在家鄉與父親相處時，不斷地以敏銳的觀察力及

奇特的聯想力，對生活週遭的事物產生了許多幻象批判，如：把父親看作一座塑像、把嬰兒車看作一艘沉船、把父親背肌上的痣看作一隻瓢蟲、把照鏡子看作看相片、把唱片看作一架石磨、把木材看作一堆屍骨、把床看作一座戲台、把螞蟻窩看作一所大工廠、……等，這許多幻象塑造了七〇年代末期的鄉鎮學子孤獨而憂鬱的性格。由此，明顯的可以看出這是對書本的沉思改變為對生活的沉思，畢業後的大學生從象牙塔中走出來，已經能認真的思考他在社會上所要做的第一件差事。

4

〈雨中的廟〉是一首關懷台灣鄉土事物及民藝工作者的敘事詩。詩中主角侯良是李教授的學生，也是修建廟宇的主要師傅，但他身心疲憊，病倒了，郁雪是侯良的女友，在小學當老師，鼓勵侯良不要離棄李教授，李教授非常傷心地堅持自己的信念，並期待侯良再回來工作。另外，木雕蘇師傅、石雕林師傅、磨石小工阿義、油漆小工勝仔……等人更一再呼喚侯良回到工作崗位。雨不停下著，侯良醒悟了，他懷著歉疚的心情，終於回到廟堂，共同修建這座廟堂而努力。七〇年代末期，在鄉土意識覺醒後，台灣有很多失修的廟宇，紛紛修建或改建，都是靠著這些師傅和工人來完成，藝術家李梅樹教授也投入這

項工作，為鄉土付出全部的精神，值得我們懷念與敬佩，並為他紀錄這段歷史事蹟。

5

〈深巷連作〉是一首以縝密的思維與情絲交織而成的組詩，寫一九四九年至一九八三年期間一對戀人的故事。他們兩人曾經離散，曾經重逢，曾經爭執，曾經歡愛，曾經坐牢，曾經災難，曾經沉淪。他們兩人好比是亂世情侶，愛得曲折而痛苦，在時代的陰暗角落裡，不為人所知。我寫他們，因為我要留下他們的感情，讓世人知道，不管是過客或在地人，台灣也有這樣深度的愛情故事，情節隨意而生，卻是精緻而激烈。

6

〈三代〉這首詩在解嚴前得獎發表，評審委員與報紙副刊，可謂需相當大的勇氣，來冒犯禁忌。其實，某些評審委員在決審會議上已先對這首詩的主題感到畏懼，進而貶抑這首詩。

〈三代〉中的第一代是政治犯，關在監獄中，渴望自由；第二代是社會改革運動者，手中握著宣傳海報，守在孤燈

下，等待天亮後和所有關心前途的朋友去進行工作，可是天永不亮，妻子未臨盆，雜誌未出版，選舉未投票，父親未出獄，……希望仍遙可及。第三代是童年，童年的美好應不受政治的汙染與迫害，可是，任何人都守不住童年，當你失去童年時，你已老了，不再有思考及行動的能力，國家社會怎能再由你改革呢？所以，要盡力找回童年，維護童年，一切才有希望。台灣的政治局勢，也正是需要落入第三代的掌握之中。

7

〈童話的遊行〉是解嚴後得獎的作品，它敘述某一青年在城市目睹遊行抗議的事件，由在旁觀看變成親身投入，最後離開遊行，但遊行沒有結束，「故事未中斷，有人在另一個地方續寫」，他的希望是把安徒生的書交給了一名學童，讓下一代能由童話中獲得啟示。底下，我的「得獎感言」可為這首詩補增一些說明：

小時候，我很喜歡看遊行，記得新劇團到小鎮來演出時，總是先讓演員分批乘坐三輪車或鐵牛車，遊行繞街一番，以吸引民眾前去觀賞。有時候看到的是進香團迎神廟會的遊行，有時候看到的是鄉紳富豪出殯的遊行，都是非常熱鬧的，有樂隊、有花車，人群眾多。當我離開童年後，在就學期間及返鄉

任教期間，竟也參加了不遊行，大都是節日慶祝會後的遊行，如青年節……等。當然還看過許多「英雄」歸來、選美等遊行。遊行是這樣美好嗎？我有了不同的感受，解嚴前，有些遊行是強者炫耀光彩的手段，像安徒生童話〈看不見的新衣〉裡的國王遊行一樣，弱者在旁默視，侍從簇擁尾隨歡呼，浩浩蕩蕩；解嚴後，才可見有些遊行是弱者走上街頭爭取權益的苦痛手段，而強者的徒眾在旁壓制，弱者無奈的抗議，變成四處奔逃躲竄，甚至引起衝突。這不是童話，這是事實。

小時候，我讀過一些童話，但不知道去喜歡童話，及至喜愛楊喚的詩後，就喜愛了安徒生的童話。我可以從安徒生的童話得到許多感受，印證在現實生活中，因此，當我看到街頭遊行內心思緒澎湃不止時，我想到了藉用安徒生的童話來寫〈童話遊行〉一詩，以象徵現實生活中許多微妙而可不斷衍生的意義，至於什麼意義，讀了這首詩應可了解，當然，最好是先去讀一讀安徒生童話。

感謝安徒生吧！多讀安徒生的童話！安徒生的童話是可以一再傳給下一代的。

8

　　〈台灣鄉鎮小孩〉這組詩是描述八〇年代末期台灣的一些鄉鎮兒童,他們在種種壓力下成長,喪失了純真無邪的兒童天性,雖然不是生活在城市裡,但在鄉鎮也找不到寬廣的草地奔馳嬉戲。不再有正常童年的鄉鎮小孩,有的被父母送入貴族小學裡讀書,有的沉迷於電動玩具店裡,有的在市場的攤子下蹲著,有的患癌症,有的智障讀啟智班,有的在黃色理髮廳裡,有的父母分居,有的愛偷竊,有的打架滋事,有的要隨家人移居美國,有的愛唱流行歌曲,有的炫耀國外物品,有的父親做六合彩組頭,有的家設神壇,……等,這些小孩背後的家庭,正是八〇年代末期台灣鄉鎮社會問題的縮影,怎麼樣的家庭往往也就有怎麼樣的小孩。做為小學教育工作者的我,怎能不為這些小孩憂慮呢?我懷抱著無限的關愛來寫這一組詩,除了詩中的十三位外,還有許多值得我描述的小孩,願在日後續寫,盼能引起大家對台灣鄉鎮變遷中的家庭及小孩的重視。

9

　　〈蘇諾的一生〉是一首預設灣從九〇年代起至二十一世紀初的人民生活環境及政治等遭遇困境的敘事長詩，以蘇諾此人為主角，描述其生平，並以各種飛禽鳥獸象徵其事蹟與心路歷程。詩中預言一九九七年台灣發生大地震，一九九九年多位著名學者失蹤，二〇〇六年南投山區森林大火，二〇〇七年發生大規模激烈的抗議遊行，二〇一一年大陸發生政變戰亂，二〇一三年台灣宣佈戒嚴，二〇一五年全球氣溫上升，大陸資訊衛星摔毀於台灣。以上純屬臆測，但無疑的，是我對台灣的前途仍認為有一條極坎坷的路要走。

　　蘇諾——是我心中虛構的一位詩人，他的父親因研究台灣的歷史而遭暗殺，母親關心台灣的沉淪而遭捕入獄，在這樣的家世背景下，蘇諾成為一個政治性的詩人，他寫台灣歷史與政治的詩，寫〈失心的台灣人〉刻畫台灣人的命運，因而，他最終也遭到軍警活活亂槍射殺而死。他的一生緊緊擁抱著台灣，也呈現了台灣人的時代悲劇。我深深地以寫出這首詩為榮。

一九八九年十二月八日寫於台中沙鹿

閱讀大詩10　PG0660

 童話遊行

作　　者	蘇紹連
責任編輯	孫偉迪
圖文排版	王思敏
封面設計	百　良

出版策劃	釀出版
製作發行	秀威資訊科技股份有限公司
	114 台北市內湖區瑞光路76巷65號1樓
	電話：+886-2-2796-3638　傳真：+886-2-2796-1377
	服務信箱：service@showwe.com.tw
	http://www.showwe.com.tw
郵政劃撥	19563868　戶名：秀威資訊科技股份有限公司
展售門市	國家書店【松江門市】
	104 台北市中山區松江路209號1樓
	電話：+886-2-2518-0207　傳真：+886-2-2518-0778
網路訂購	秀威網路書店：http://www.bodbooks.com.tw
	國家網路書店：http://www.govbooks.com.tw
法律顧問	毛國樑　律師
總 經 銷	聯合發行股份有限公司
	231新北市新店區寶橋路235巷6弄6號4F
	電話：+886-2-2917-8022　傳真：+886-2-2915-6275

出版日期	2012年1月　BOD一版
定　　價	220元

Printed in Taiwan

國家圖書館出版品預行編目

童話遊行 / 蘇紹連著. -- 一版. -- 臺北市：釀出版,
2012.01
　　面；　公分. --（語言文學類；PG0660）
　BOD版
　ISBN　978-986-6095-65-8（平裝）

851.486　　　　　　　　　　　　100023039

讀者回函卡

感謝您購買本書，為提升服務品質，請填妥以下資料，將讀者回函卡直接寄回或傳真本公司，收到您的寶貴意見後，我們會收藏記錄及檢討，謝謝！
如您需要了解本公司最新出版書目、購書優惠或企劃活動，歡迎您上網查詢或下載相關資料：http:// www.showwe.com.tw

您購買的書名：_____

出生日期：_____年_____月_____日

學歷：□高中 (含) 以下　　□大專　　□研究所 (含) 以上

職業：□製造業　□金融業　□資訊業　□軍警　□傳播業　□自由業
　　　□服務業　□公務員　□教職　　□學生　□家管　　□其它_____

購書地點：□網路書店　□實體書店　□書展　□郵購　□贈閱　□其他

您從何得知本書的消息？

　　□網路書店　□實體書店　□網路搜尋　□電子報　□書訊　□雜誌
　　□傳播媒體　□親友推薦　□網站推薦　□部落格　□其他_____

您對本書的評價：(請填代號　1.非常滿意　2.滿意　3.尚可　4.再改進)

　　封面設計____　版面編排____　內容____　文／譯筆____　價格____

讀完書後您覺得：

　　□很有收穫　□有收穫　□收穫不多　□沒收穫

對我們的建議：_____

_____

_____

_____

11466
台北市內湖區瑞光路 76 巷 65 號 1 樓

秀威資訊科技股份有限公司 　　收

BOD 數位出版事業部

....

（請沿線對折寄回，謝謝！）

姓　　名：＿＿＿＿＿＿＿＿＿　年齡：＿＿＿＿　性別：□女　□男

郵遞區號：□□□□□

地　　址：＿＿＿＿＿＿＿＿＿＿＿＿＿＿＿＿＿＿＿＿＿

聯絡電話：(日)＿＿＿＿＿＿＿＿＿＿(夜)＿＿＿＿＿＿＿＿＿＿

E-mail：＿＿＿＿＿＿＿＿＿＿＿＿＿＿＿＿＿＿＿＿＿